夕阳红

百位三国人物
勾勒成败兴衰

公孙策 著

海南出版社

原名 夕阳红：百位三国英雄勾勒成败兴衰
公孙策 著
中文简体字版 © 2016 年由海南出版社有限公司发行
本书经城邦文化事业股份有限公司【商周出版】授权，同意经由海南出版社有限公司出版社有限公司，出版中文简体字版本。非经书面同意，不得以任何形式任意重制、转载

版权合同登记号：图字：30-2016-022 号
　图书在版编目（CIP）数据
　夕阳红：百位三国人物勾勒成败兴衰 / 公孙策著
. -- 海口：海南出版社，2016.9
　ISBN 978-7-5443-6677-9
　Ⅰ . ①夕… Ⅱ . ①公… Ⅲ . ①《三国演义》– 人物形象 – 文学研究 Ⅳ . ① I207.413
　中国版本图书馆 CIP 数据核字 (2016) 第 176561 号

夕阳红：百位三国人物勾勒成败兴衰

作　　者：公孙策
监　　制：冉子健
策划编辑：王叵咄
责任编辑：孙　芳
装帧设计：黎花莉　陆　快
封底字型设计：许晋维
责任印制：杨　程
印刷装订：三河市祥达印刷包装有限公司
读者服务：蔡爱霞
海南出版社　出版发行
地址：海口市金盘开发区建设三横路 2 号
邮编：570216
电话：0898-66830929
E-mail：hnbook@263.net
经销：全国新华书店经销
出版日期：2016 年 9 月第 1 版　　2016 年 9 月第 1 次印刷
开　　本：787mm×1092mm　　1/16
印　　张：15.5
字　　数：142 千
书　　号：ISBN 978-7-5443-6677-9
定　　价：36.00 元

三十本经典，一千个故事

经典之所以为经典，因为它的价值历久不衰。例如我们对经典老歌，总能哼上几句；对经典名句（如"多行不义必自毙"等）也能朗朗上口。可是一听到"四书五经""经史子集"，大多数人都会敬而远之。

原因之一，是我们对经典的整理工作，做得太少了。宋朝朱熹注解《四书》，就是一种整理工作，也的确让《四书》普及于当时的一般人。清朝蘅塘退士辑《唐诗三百首》、吴氏兄弟辑《古文观止》，也都是着眼于"经典普及化"的整理工作。然而，清朝覆灭，却未见值得称道的经典整理作品。

另一个原因，是考试成了教育的唯一目的。于是，凡考试不考的，学生当然就不读。这不能怪学生，也不能怪老师，事实上大家都为了考试心无旁骛。而那些对经典充满敬畏的大人们，只好规定一些必考的经典。其结果是，学生为了考试，读了、背了，考完就忘了，而且从此痛恨读经典，视经典为洪水猛兽或深仇大恨——经典反成了学生心目中的"全民公敌"！

城邦出版集团执行长何飞鹏兄对中国经典有他的使命感，城邦也出版了很多"经典整理"的书籍，如：《中文经典100句》《经典一日通》等系列。飞鹏兄建议我"以三十本经典为范畴，写至少一千个故事"，取材标准则是"好听的故事、经典的故事、有用的故事"。

为此，我发愿以四年时间，写完一千个故事，每天一则，在城邦集团的"POPO原创"网站发表，这项任务在二〇一四年间完成。然而，网络博文虽然会停止，我仍然继续写故事，希望这个"说历史故事"系列可以一直写下去。

简单说，这一个系列尝试以"说故事"的形式，将经典整理成能够普及大众的版本。不是"概论"，也不是"译本"，而是故事书。然为传承经典，加入"原典再现"，让读者又不仅仅是看故事书而已。

公孙策

二〇一一年秋

二〇一五年冬修订

目录

五度空间学习
——人物心境是重点中的重点

苏东坡"大江东去，浪淘尽，千古风流人物"，一时间将三国英雄全都送进了浪花泡沫，我对此颇有意见。

英雄之所以为英雄，就在他们其实长存于人们心中，不因岁月流逝而消失。因此，书名借三国演义卷头诗"青山依旧在，几度夕阳红"句，想表达的是：青山绿水都可能变色，但夕阳却始终是一样的红。

以人物为章名，则是有感于史学家赵翼《二十二史札记》所言："人才莫盛于三国。亦为三国之主，各能用人，故得重力相扶，以成鼎足之势。"以人物串接故事，正能突显三国时代的特色。然为免读者因章名而误以为各章是人物小传，所以用副标题说明各章重点内容。

二○一四年春天，我定下了往后的致力方向：推动"五度空间学习"，在时空四度空间之上，加入"人物心境"第五度空间。这跟我之前提倡的"人文史地一贯"主张一致，但更强调"人物心境"。

读历史、写历史、说历史那么多年下来，一项重要心得是：同一个人在不同时空、不同心境之下，会做出不同的决定，采取不同的行动（包括不决定、不行动）。这一点，有殊于常识性的"性格决定论"，同一个人即使性格恒常不善变，仍会因时空、氛围，甚至健康状况而做出"异常"决定或举动。

袁绍为什么不接受沮授"奉天子以令不臣"的建议？刘表为什么不采纳蒯越偷袭曹操后方的计策？曹操为什么对张松冷淡，而失去取蜀先机？他们都做出异于各自性格的决定，而做出异常决定的原因，却都是"小事情"。这些小事造成了历史的偶然，但偶然往往改变了历史。易言之，"人物心境"是那么的关键。因此，体会人物心境当然应该是读历史的重点之一。

五度空间学习还有一重意思：知识载具的科技大进，由平面而立体，乃至文字、图片、影片、音乐、戏剧……所有可以承载知识的形式，都因为数字汇流科技大进，而能同步、实时呈现，甚至已不止"五度"空间。

本书是系列的第四本，全系列其实都是着眼于数字阅读时代的"N度空间"而写作，成为电子读物指日可待，更冀望"五度空间学习"成为大家的共识。

公孙策

二〇一四年十二月

1．刘宏：皇帝公开卖官

三国演义开宗明义说"天下大势，分久必合，合久必分"，然后直接切入东汉末年桓帝刘志禁锢士人（党锢之祸），宠信宦官为祸乱之源；之后一任是灵帝刘宏，发生青蛇入殿，雷雨冰雹坏屋、地震、海啸、雌鸡化雄、山崩等灾异。

刘宏下诏征询群臣，为什么会发生这些灾异？议郎（顾问官职位阶不高，但得参与朝政）蔡邕（音'庸'）上疏认为是宦官干政所致。结果宦官群找了一个理由，将蔡邕罢职，放归田里。

以此看来，灵帝是个昏君，事实却不尽然。

汉桓帝时，重校五经文字，并且用古文（甲骨文）、篆书、隶书

【原典再现】

　　初开西邸卖官，入钱各有差：二千石二千万；四百石四百万；其以德次①应选者半之，或三分之一；于西园立库以贮之……又私令左右卖公卿，公千万、卿五百万。

　　　　　　　　　　　　　　　　　　——《资治通鉴·汉纪四十九》

----

① 次：资历。以德次应选：以德行或资历任官。

参观抄写的，每天有千余车辆，塞满洛阳城大街小巷。这就是有名三种字体，刻在四十余片石碑上，竖立于太学门外。全国各地前来的"熹平石经"，负责主持三种文字书写的就是蔡邕。

在此之前，护羌校尉段颎率军平定西北方羌族叛乱，斩杀三万八千余人，威震西域，之后北方鲜卑入侵，护乌桓校尉夏育出征，兵败，但随后辽西太守赵苞平定乱军。

易言之，桓帝、灵帝在位期间，文治、武功都有政绩，东汉帝国完全看不出有败亡的迹象。

直到汉灵帝开始卖官。

汉灵帝在皇家林园西园设立"西邸"，公开出卖官爵，所有官职都有一定价码：二千石（郡太守等级）两千万钱，四百石四百万。依正常法令或正规管道升迁的官职，只有三分之一到一半，也就是有一半到三分之二的官职是要卖钱的。没有现金者甚至可以分期付款，先赊欠部分，就任后，照原价"加倍奉还"。想当然的，这种官吏肯定贪赃枉法去弄钱。

而位阶比较高的官职，如三公与九卿（部长级），就得有高层关系才买得到，由于有关系，价码比较优惠：三公一千万钱，九卿五百万钱。

这才是东汉帝国快速衰败的直接原因。宦官干政，外戚弄权，士人结党都还是洛阳权力中枢的坏现象而已，一旦有半数以上的郡守、县令都以贪污为能事，地方上老百姓可就苦了。等到民怨累积到相当程度，就爆发民变——黄巾之乱。

2．黄巾：巫医变贼匪

　　黄巾军原本不是盗匪集团，而是济世宗教——太平教，由张角创立。

　　张角是个不第秀才，他入山采药，遇一老人，碧眼童颜，唤他到洞中，传授天书三卷，说："此书名太平要术，如今你得到了，要用之来济救世人，若萌异心，必获恶报。"张角于是创立太平教，教授门徒。

　　当时瘟疫流行，张角宣称他能治病。他为人治病的时候，叫病人下跪，说出自己的过失，然后喝下符水。病人偶有痊愈者，于是人们口耳相传，拿他当神明崇拜。

　　十余年间，太平教信徒多达数十万人。遍布全国十三州中的八州。徒众甚至变卖家财，前往投奔张角，道路上拥挤为之阻塞，途中病死的就有上万人。拥护者人数庞大，张角必须建立组织管理。他设了"三十六方（分区）"，大方万余人，小方六、七千人，各立将军统御之，同时制造耳语"苍天已死，黄天当立"，又说"岁在甲子，天下大吉"。八州境内，包括京师洛阳，官家户户在大门上用白石灰写上"甲子"二字。

　　大"方"马元义与中常侍封谞、徐奉暗中勾结，由封、徐二人为内应，约定明年（甲子年，公元一八四年）三月五日发动起义。

西域　奴匈北　卑　鮮　餘　夫

氏月小　并　桓　烏　北沃沮　高句麗　東沃沮　東濊

羌　涼　威武　藏姑　幽　陽廣　薊　弁韓　馬韓　目支　韓　盧期

氏　隷司　陽洛　冀　高　青　齊　海東　東　徐　郯　邳　下　下郡　譙　豫　春譙　陽歷

陽蔞　都武　郡蜀　漢廣　都成　雒

益　陽襄　荊　揚

交　東鯷

圖　例：
◎　州治
◉　郡城
—　州界
▨　黄巾勢力

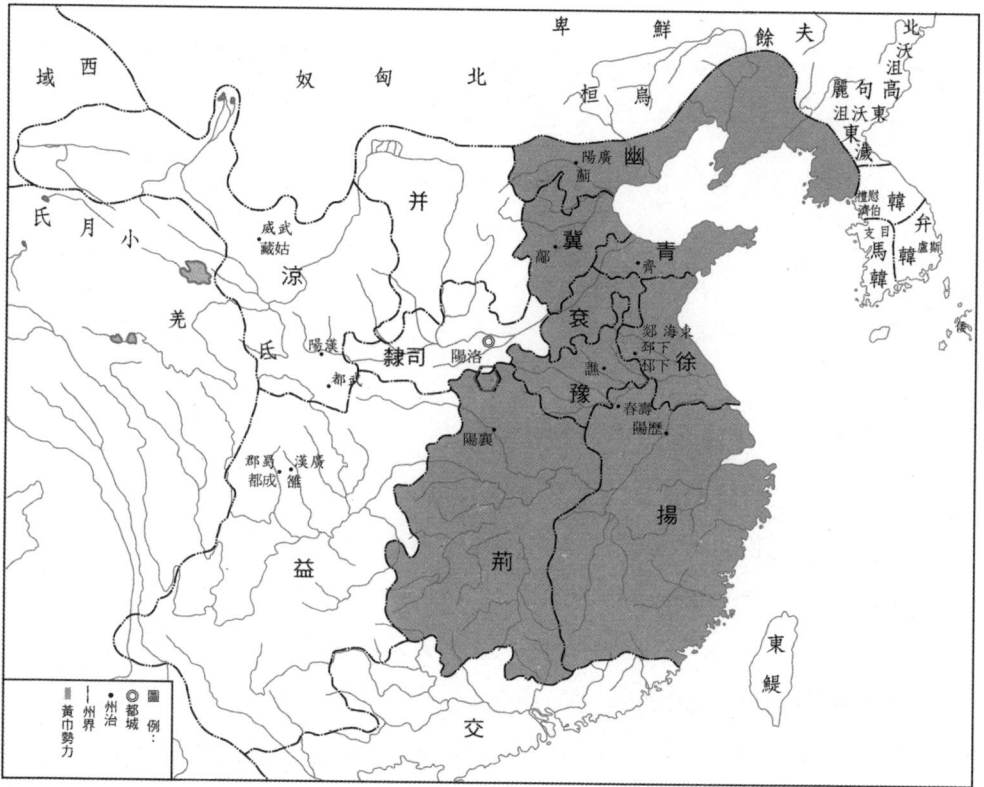

汉末十三州分布图，黄巾势力遍及八州

张角与二个弟弟张宝、张梁开始部署起义，并派弟子唐周去洛阳，告知封谞情况，没想到唐周却向官府举发此事。

东汉政府立即收捕马元义，处以车裂酷刑，京畿大肆搜捕太平教徒，诛杀千余人；可是封谞等太监只有下狱，没有立即处决。张角闻知事情泄漏，星夜举兵，三十六方同时发动，自称天公将军，张宝称地公将军，张梁称人公将军。

所有徒众都头裹黄巾作为标志，官府（史书）称之为"黄巾贼"。人心思变，响应者一下子膨胀到四、五十万人，许多郡守、县令弃职而逃命，官军闻风披靡，不到一个月，天下响应，京师震动。

汉灵帝擢升大舅子何进为大将军，护卫京师，另派中郎将卢植、皇甫嵩、朱儁各引精兵，三路进讨。

民变已不可收拾，朝廷中却忙于内斗，郎中张钧上书说："人民乐意归附张角作乱，祸根都在十常侍。他们的父兄子弟亲戚都派任刺史、太守，鱼肉人民，人民的苦痛无处申诉，才被逼做贼。如今只要将十常侍处死，将他们的人头悬挂南郊，向全国人民谢罪，黄巾巨寇自会消减，不必军事行动。"

事实上，当时受宠信并封侯的中常侍（可以进入寝殿的宦官）有十二人，灵帝宠爱宦官，甚至说出"张让是我爹，赵忠是我娘"这种话。因而张钧被御史诬奏："张钧本人是太平教徒"，于是收捕下狱，死在狱中。

你没读到的三国

史书上记载：郡县政府不察，反而报告"张角鼓励人民向善，推广教化，受到人民敬爱"。

撰史者认为，郡县政府失职，但郡县政府可能是对的：瘟疫流行，听闻张角能治病，所以人民大量前往求治，"途中病死"可为佐证，而张角受人民敬爱，自然也是事实。

【原典再现】

　　中常侍赵忠、张让、夏恽、郭胜、段珪、宋典等皆封侯贵宠，上常言："张常侍是我公，赵常侍是我母。"

——《资治通鉴·汉纪五十》

3．许劭："乱世奸雄"一锤定音

三路官军之中，朱儁与黄巾将领波才交战，败战受阻，皇甫嵩进驻长社（今河南长葛市东）于是成为孤军，被黄巾团团包围，皇甫嵩见贼军结草为蓬，刚好又刮起大风，于是派出突击队，进行火攻。自己再率领大军，擂鼓出城攻击，黄巾大惊溃乱败走。

这时骑都尉曹操率领援军适时抵达，皇甫嵩与曹操会合朱儁，发动总攻击，大破黄巾，杀数万人。

曹操的老爹曹嵩，是中常侍曹腾的养子，因此袭曹姓。他们原本姓夏侯，这是后来夏侯氏多人在魏国位居要津的原因。

曹嵩有曹腾"罩"他，乃得以千金买到太尉（三公之一）官位，但也因此受到士人集团鄙视，曹操虽是权贵子弟，且才华显露，但就因为此一背景，在崇尚门第出身的东汉末年，受到士族排挤。

然而有两位士族领袖对曹操评价很高：他们是桥玄（不是大乔、小乔之父乔玄）与何颙。桥玄对曹操说："天下将乱，非命世之才（具有扭转世局能力的人才）不能拯救，能安定天下的，莫非就是你吗？"何颙说："汉室将亡，安天下者，必此子也。"

桥玄为曹操安排去见许劭，让许劭品评一下。

东汉末年，士人结党与宦官集团对抗。士人之间相互标榜之风，遂致士人地位良莠不齐，于是出现了一门"品人学"，品评人物的高下优劣。其中最著名的一组，是许劭与堂兄许靖，他俩每个月只在月初公开品评人物一次，称为"月旦评"，受到许劭品评之后就能在士人群中有了"品级"。

这是桥玄替曹操想出来的解套之方，有了许劭的评级，就可以卸掉"宦官子弟"的黑帽子。

可是许劭看不起曹操，他完全是看桥玄的面子才接见曹操，但他见了曹操却闭口不言，不愿给曹操做出只字的品评。

曹操情急之下，拔剑威胁许劭。许劭迫于情况，说了十个字："治世之能臣，乱世之奸雄。"曹操闻言大喜，很满意的回去。

你没读到的三国

"治世之能臣，乱世之奸雄"就此成为曹操的盖棺论定的评语，两千多年下来，没有人对此有不同意见。

于是我们明白，许劭的品人功力是如此高明：他只见了曹操一面，而且是在受到生命威胁的情况下讲出这十个字，却能两千年下来，都被认为非常中肯，没有人对此提出过异议！

【原典再现】

　　汝南许劭，有知人之名。操往见之，问曰："我何如人？"劭不答。又问，劭曰："子治世之能臣，乱世之奸雄也。"操闻言大喜。

——《三国演义·第一回》

4. 曹操：治世能臣的一面

曹操得到许劭的品评而大喜，可是那个评语是"奸雄"，怎么会高兴呢？

因为古代字少，"奸"这个字不全然是贬义，同时也有计谋、权术的意思。因此"乱世之奸雄"的意思是：在乱世时能够施展权谋的英雄——也就是桥玄与何颙所谓"安天下的人才"，曹操当然高兴，事实上，曹操不愧为"治世之能臣，乱世之奸雄"。

曹操二十岁就被郡县举荐为孝廉，到洛阳朝廷担任郎官（见习官），见习期满，派任洛阳北都尉，也就是京城的二个警察局长之一。

初上任，他在四个城门口（东汉洛阳城有十二个城门）各摆下五色棒十余条，凡有人违犯禁令，就用五色棒打屁股。"十常侍"之一的蹇硕的叔叔"提刀夜行"，被曹操巡夜时当场逮捕，隔天当众打屁股，从此没有人敢再犯禁令。

之后他一路升迁，担任顿丘令、议郎。黄巾之乱起，升为骑都尉。因前述破黄巾之功劳，调升济南国相（汉制郡国并行，国相等同太守）。

济南国下辖十余县，资深官吏大多依附贵戚，同流合污，政风败坏。曹操到任后，一口气奏请免除其中八个人的官职，违法乱纪之徒都逃往其他郡、国，济南国"境内肃然"。可是不久之后，朝廷就有诏令下来，调他担任东郡（今河南濮阳市）太守。曹操心里明白，他不容于宦官集团，东郡在洛阳附近，危机随时临头，于是他称病辞官，回家乡避祸。

到此为止，曹操还是"治世之能臣"，然而，随着朝政日非，治世之臣一个个被宦官陷害，或出局，或下狱，于是"乱世奸雄"乃有了发展空间。

到后来，曹操已经成了"幕府大将军"，挟天子以令诸侯，他发表《述志令》说他原本只想为朝廷服务而已，可是在济南国时，遭到强宗豪族的嫉恨，深恐招来杀身之祸，所以称病回到家乡谯县（今安徽亳县）。打算秋夏两季读书，冬春两季打猎，规划二十年后天下太平再出来做官——当时这确实是真话，不是诈伪。

可是没多久就受到征召，到洛阳担任典军校尉——直属皇帝的八支亲军之一的指挥官，乃开始了他的"乱世奸雄"生涯。

【原典再现】

　　故在济南，始除残去秽①，平心选举，违迕诸常侍。以为强豪所忿，恐致家祸，故以病还……从此却去二十年，待天下清，乃与同岁中始举者等耳……欲秋夏读书，冬春射猎，求底下之地，欲以泥水自蔽，绝宾客往来之望。

　　　　　　　　　　　　　　　　　　——节录曹操《述志令》

① 除残去秽：整饬政风，去除腐败。

5. 张温：不杀董卓养虎遗患

　　讨伐黄巾的三路军队中，皇甫嵩战绩显著，他接连击败张梁与张宝，并将病死的张角"传首洛阳"——脑袋送到洛阳示众。皇甫嵩擢升为左车骑将军，兼冀州（今河北）刺史，封槐里侯。但黄巾之乱虽因张角三兄弟的死亡而告平息，事实上，民变早已遍及全国。

　　皇甫嵩被派去讨伐凉州（今甘肃南部）变民，中常侍张让向皇甫嵩索求贿赂五千万，皇甫嵩拒绝。于是张让和赵忠向灵帝进谗，说皇甫嵩剿匪无功，徒然浪费公帑，灵帝将皇甫嵩召回洛阳，收缴左车骑将军印信，削减采邑六千户。

　　接替皇甫嵩的是司空张温。司空也是三公之一，而张温这个司空也是买来的，中间人正是曹操父亲的养父中常侍曹腾。总之，张温成了左车骑将军，负责讨伐凉州军事，麾下大将是破虏将军董卓。

　　张温率十余万步骑进驻美阳，大破西羌变民军，变民军首领边章、韩遂向榆中败退。张温派荡寇将军周慎率三万人马追击，参军事孙坚向周慎建议，以一万奇兵切断榆中粮道，变民军缺少粮食就会放弃榆中，退回羌中，凉州即可平定（榆中在甘肃，羌中是青海东北部，叛军退至青海，甘肃自然平定）。周慎没接受这个建议，包围榆中城，反被叛军切断粮道，慌忙撤退。

张温同时命董卓率三万人攻击先零（羌人的一支）。董卓被羌、胡联军包围，粮秣吃尽，狼狈撤军。

张温召董卓前来大本营，董卓第一时间不应召，等了很久才去。见到张温态度更倨傲无礼。

孙坚上前，附耳向张温建议："董卓张牙舞爪，可以军法'应召不实时报到'条例，立即斩之。"

张温说："董卓在河陇之间素有威名，今天杀了他，西进难得大将。"

孙坚说："将军统帅王师，威震天下，哪需要依赖董卓？古来名将都以军法统领大军，未有不以决断诛杀而成功的，将军如今怜惜董卓不立即处决，伤害统帅威严，莫此为甚！"

【原典再现】

孙坚前耳语谓温曰："卓不怖罪而鸱张①大语，宜以召不时至，陈军法斩之。"温曰："卓素著威名于河、陇之间，今日杀之，西行无依。"

坚曰："明公亲率王师，威震天下，何赖于卓……古之名将仗钺临众②，未有不断斩以成功者也。今明公垂意于卓，不即加诛，亏损威刑，于是在矣。"

温不忍发，乃曰："君且还，卓将疑人。"坚遂出。

——《资治通鉴·汉纪五十》

①鸱：音"吃"，猫头鹰古名"鸱枭"。鸱张：嚣张，如猫头鹰张翅般。
②仗钺临众：陈列军法刑具。临众：昭告军队。

　　张温说："你先出去，董卓恐怕要起疑心了。"孙坚只好退出。

　　张温不会带兵打仗，更不懂整饬军法的重要。他这次没杀董卓，不但种下东汉覆亡的恶因，也为自己带来杀身之祸，此乃后话，暂且按下不表。

6. 刘焉：避祸反得割据四川

皇甫嵩被褫夺兵权，而张温被委以重任，君子道消，小人道长，东汉政权至此已可预见将败。洛阳城内，明眼人已经开始寻找避祸之地。

太常（部长级，掌祭祀）刘焉是刘氏皇族，历任县令、刺史、太守，资历完整。他看到朝政日非，天下将乱，就向灵帝建议："四方之所以变民纷起，都是因为州刺史权小威轻，权力不足以禁制邪恶，同时又任用非人，才招致人心叛离，建议把刺史改成州牧，提升等级并遴选重臣出任，方足以镇住地方。"同时，他私下积极活动，争取外放交趾牧（交趾亦称交州，包括今天广东、广西及越南北部，州治在今广州市），远离中原避祸。

侍中董扶私下对刘焉说："京师即将动乱，我夜观天象，益州（今四川）那一块有天子之气。"于是刘焉请求前往益州。

刚好，益州刺史郄俭横征暴敛，恶名远扬。于是灵帝任命刘焉为益州牧，同时任命的还有豫州（今河南）牧董琬、幽州（今河北）牧刘虞。从此，州政府地位提升，为后来的割据局面提供了条件。

刘焉还没到任，益州变民已经杀了郄俭，而官军又平服了变民，刘焉被益州军民迎接就任，上任后招抚变民，宽以治民，收揽人心。刘焉府中有一位妇人经常出入，这名妇人是五斗米道的"大姐头"。

刘焉利用五斗米道在汉中（陕西南部）的势力，任命妇人的儿子张鲁为司马，镇守汉中，切断关中通往四川的交通，杀害朝廷派来的使节，并将罪状都推给"米贼"，于是割据益州，不受朝廷节制。

古人认为天地感应，天上星宿分为二十八宿，对应地上二十八个州或国，天上对应的那一块，称为该州国的"分野"。

你没读到的三国

五斗米道是东汉张陵所创，信徒每人要捐五斗米，因而得名，相传张陵带着徒众入云锦山炼"九天神丹"，神丹炼成时，空中有龙虎现形，自此称为龙虎山（在江西）。张陵传道给儿子张衡，张衡传给儿子张鲁。张鲁后来自称汉中王，建立政教合一王国，割据汉中达三十年。

张鲁死后，儿子张盛重回龙虎山，创建"天师道"。尊张陵为天师，张衡为嗣师、张鲁为系师，成为中国道教的起源。

【原典再现】

　　侍中广汉董扶私谓焉曰："京师将乱，益州分野有天子气。"焉闻扶言，意更在益州。

——《三国志·蜀志·刘二牧传》

7. 何进：外戚杀宦官

预见动乱的，如刘焉，已经避祸外地。可是洛阳的权力中枢，仍然上演一幕又一幕的权力斗争。

汉灵帝刘宏兴建超级阅兵台，台上建十二层阁楼，高达十丈，然后集结步骑兵数万人，皇帝亲自主持阅兵，戴盔穿甲，骑上战马，自称"无上将军"。检阅全军之后，将佩刀交给大将军何进。

何进是何皇后的哥哥，这个动作令上军校尉蹇硕大为忌讳。蹇硕是中常侍，也是太监集团掌握禁军的代表人（西园八校尉之首）。于是中常侍们联合奏请，派何进西征凉州变民，灵帝批准。

何进当然知道这是宦官的阴谋，他使出拖延之计：奏请派中军校尉袁绍前往徐州（江苏北部）、兖州（山东西部）征集军队，等征集完成，再行出征，汉灵帝也批准所奏。

宦官与大将军互斗，汉灵帝虽然看在眼里，却已无力阻止，因为他已经病重，不久就驾崩了。

灵帝驾崩，蹇硕立即展开行动，计划先诛杀何进，再拥立皇子（非太子）刘协登基。太子刘辩是何皇后所生，废嫡立庶，这是一个排挤何进的政变计划。

蹇硕派人召何进入宫议事，何进起身前往，在宫外迎接他的是上军司马潘隐。潘隐是蹇硕的副手，却又是何进的好友，他用眼神向何进示意，何进领会，掉转马头，直奔自己直属的部队，然后在百郡邸布防，称病不入宫。

百郡邸是什么所在？

东汉的一级地方政府，也就是各郡国，都在洛阳设立宾馆，供本郡、本国前来京城治公的官员住宿与办公，百郡邸就是地方政府驻京单位集中区，何进在百郡邸布防，等于拉拢了所有诸侯与地方政府，跟他站在同一阵线上。

形势迅速转为对何进有利，于是太子刘辩（时年十四岁）继位登基，何皇后升级为何太后，太后临朝，大将军何进"录尚书事"，也就是进一步掌握行政权力。何进网罗袁绍、袁术、何颙、荀攸、郑泰等人才，密谋尽诛宦官。蹇硕则意图联合宦官，诛杀何进。可是赵忠等中常侍决定牺牲蹇硕，于是由黄门令（宦官总管）逮捕蹇硕，并将他处死。

宦官集团担心何进有进一步行动，于是靠向灵帝生母董太皇太后和她的侄子骠骑将军董重。

董太皇太后仍然想插手政治，但都被媳妇何太后阻止。董太皇

【原典再现】

　　董太后每欲参干政事，何太后辄相禁塞，董后忿恚，詈曰："汝今辀张①，怙②汝兄耶！吾敕票骑断何进头，如反手耳！"

——《资治通鉴·汉纪五十一》

---

① 辀：音"周"。辀张：铺张，此处作"得志"。
② 怙：音"户"，仗恃。

太后有一次怒骂何太后："你今天能够如此张狂，还不是仗势你哥哥何进！我叫董重砍下何进人头，可是易如反掌！"

董太皇太后看不起何太后，因为何太后出身贫贱（屠沽之女），可是她忘了"母以子贵"，如今可是媳妇临朝。

结果，何进找了个莫须有的理由，发兵包围骠骑将军府，逮捕董重，免他的职，董重在狱中自杀，董太皇太后则在一个月之后暴毙。演义说董太皇太后是被何进所诛，无论如何，何氏因此而声望下跌，失去人心。

8. 袁绍：引狼入室

何进一直下不了手诛除宦官，心理因素是重要原因——他出身很低，以往对宦官非常敬畏，骤然擢升到最高权力的地位，除了尚未适应，也害怕因为冒进而失去荣华富贵。

何进最倚重的人是袁绍。袁家累世居高位，从曾祖父袁安，到父亲袁逢，有五位担任三公的高官，人称"四世三公"。袁绍是中军校尉（禁军八校尉之一），堂弟袁术是虎贲中郎将，二袁作风豪爽，得到天下豪杰的归心。

袁绍一再向何进建议："如今大局尽在掌握之中，正是天赐良机，将军应该为天下铲除大害，不可错过时机。"可是何太后身处禁宫，被宦官包围，始终不同意将宦官全数诛除，而宦官集团却有着"生命共同体"意识，因此总有亲近何太后的太监出面求情，何进乃迟迟未行动。何进不敢自己行动诛杀宦官，袁绍再提建议：征召四方将领率军入京，以武力向何太后大将军主簿（相当于现在的秘书长）陈琳对何进说："将军集天下之权，手握重兵，龙行虎步，想做什么都可以达成。诛除没有武力的宦官，就好像用炼铁的烈火去烧毛发，应当是快速展开雷霆行动，当机立断，那可是顺天应人的举措。如今却想借助外援，好比倒持兵器，授人以柄。一旦外地大军齐集洛阳，到时候强者为雄，必定造成大乱！"何进不听。

这是一个超级馊主意，可是何进却接受了，因此加速了东汉中央政府崩溃。

典军校尉曹操听到消息，失笑说："宦官这玩意儿，古代就有，问题在人君不应该给他们权力，以至于此。如今既要治他们的罪，只需诛除元凶即可（不必赶尽杀绝），那只是劳烦动用一名司法官的工作。何至于劳师动众，征召外兵？想要赶尽杀绝，则消息必然走漏，我已预见他（何进）的失败！"

可是何进仍然采纳了袁绍的馊主意，因而引进了一个煞星。

【原典再现】

主簿陈琳谏曰："……今将军总皇威，握兵要，龙骧虎步，高下在心，此犹鼓洪炉燎毛发耳。但当速发雷霆，行权立断，则天人顺之。而反委释利器，更微处助，大兵聚会，强者为雄，所谓倒持干戈，授人以柄，功必不成，只为乱阶①耳！"进不听。

典军校尉曹操闻而笑曰："宦者之官，古今宜有，但世主不当假之权宠，使至于此。既治其罪，当诛元恶，一狱吏足矣，何至纷纷②召外兵乎！欲尽诛之，事必宣露，吾见其败也。"

——《资治通鉴·汉纪五十一》

① 乱阶：为祸乱铺阶梯，意谓创造祸乱条件。
② 纷纷：杂乱的样子。

9．董卓进洛阳：先掌控大局，再掌控皇帝

何进的召集令发出，最感兴奋的是董卓。之前董卓随张温讨伐羌族，在湟中（今青海湟水流域）招募了一支军队，作为他的私人武力，并成为后来的凉州军团。朝廷征召他到中央担任少府（部长级，掌管物资），他拒绝就任，朝廷又擢升他为冀州（今河北中部）牧，他请求将这支武力带去冀州。皇帝下诏谴责，他仍抗命不受，反而将军队推进到河东（今山西），密切注视洛阳政局变化。

易言之，董卓早就预期洛阳将发生动乱，一直都有准备介入，接到何进的"邀请"，部队立刻向洛阳前进。跟他同时行动的，还有骑都尉鲍信、东郡太守桥瑁、武猛太守丁原等，他们都以"诛杀宦官"作为号召。

可是，外援还没到洛阳，何进却已先丢了脑袋：何进命袁绍部署兵力，预备在外援到达洛阳时行动，何进在部署完成后，进宫向妹妹何太后报告。太监集团在宫内发动，杀了何进，把何进的人头扔出宫墙，喊说："何进谋反，已经斩首！"

何进的部下闻讯，由袁术、吴匡等领军进攻皇宫，天黑了，仍攻不进去。袁术下令纵火，张让等宦官挟持何太后，皇帝刘辩、皇弟刘协逃往北宫。袁绍攻入北宫，屠杀宦官不分老幼共两千余人，非宦官的宫廷官员，只要没有胡子，也都一律杀死。

兵荒马乱中，刘辩与刘协一对小兄弟，逃出皇宫，在野外摸黑逃命，随着荧光胡乱行，天亮后才有高级官员前来护驾。

这时候，董卓的军队到了。小皇帝看到大军，心生恐惧，哭泣不止。公卿挺身而出，对董卓说："天子有诏，请你退兵。"董卓对公卿说："诸位都是国家栋梁，不能匡正王室，以致皇帝流落至此，还有脸让军队撤退！"——那副嘴脸，跟之前他对张温的嘴脸一般无二。

小皇帝刘辩回到洛阳皇宫，大赦天下，可是传国玉玺却找不到了。

鲍信、丁原等军队也进入洛阳，他们跟袁绍原本都是何进的人脉，于是密谋除掉董卓，却又畏惧董卓兵力强大。

事实上，董卓带到洛阳的兵力，步兵骑兵加起来不过三千人。董卓使出一个绝招：每隔四、五天命部队趁夜悄悄出城，隔天早上再大张旗鼓进城，袁绍等以为凉州军团不断进入洛阳，便不敢妄动。

于是董卓掌控了大局。下一步，他要进一步控制皇帝。

【原典再现】

帝见卓将兵卒至，恐怖涕泣。群公谓卓曰："有诏却兵。"卓曰："公诸人为国大臣，不能匡正王室，致使国家播荡，何却兵之有！"

——《资治通鉴·汉纪五十一》

10. 汉献帝刘协：如果刘协也不行，那么就不该让他们留种！

　　小皇帝刘辩虽然才十四岁，可是上面有一个何太后，何进又留下一堆党羽，董卓想要控制皇帝，甚至想要踵步王莽，就只有一条路：废帝立新帝。

　　董卓在一个群臣议事场合直接找上袁绍（何进余党的领袖），说："天下之主，应该由贤明的人担任。我觉得刘协不错，想要立他为帝，你觉得他跟刘辩相比如何？人有的时候小事聪明大事愚笨，但总该知道事情当为与不当为。如果刘协也不行，那么，刘姓皇族就不该让他们留种！"

　　董卓几乎是明白表示，他准备篡夺刘氏天下，而且希望袁绍识时务（知道事情当为与不当为），向他靠拢。只要袁绍表态，其他人就不足虑了。可是袁绍却不识相，说："汉家统治天下四百年（西汉加上东汉），恩泽广被，兆民拥戴。当今天子年纪还轻，并没有不善之行。将军想要废嫡立庶，只怕大家不会同意！"

　　董卓手按剑柄，大声叱责："你是什么东西，胆敢用这种态度跟我说话！天下事已经在我掌握之中，我想要做的事，谁敢不从！你莫非以为董卓的刀不够锋利吗！"袁绍也勃然发怒，说："天下英雄可不是只有你董卓一个！"拔出佩刀，向在座所有人作了一个横揖

（武侠片中常见的动作），昂然而出。

董卓因为自己进入洛阳权力中心不久，而袁绍是世家大族，所以不愿就此与关东世族撕破脸，因此当时没有下令追杀袁绍。然而，董卓废立皇帝的计划却因此加速进行，何太后在董卓威胁之下，降诏废黜刘辩，降封弘农王，改立刘协为帝，是为汉献帝。

新皇帝即位后，董卓就将何太后迁到永安宫，二天后，用酖酒毒死何太后。汉献帝擢升董卓为相国，这是自西汉开国，萧何、曹参之后，就不再有人担任的职位，以示地位崇隆。同时他准许董卓"赞拜不名，入朝不趋，剑履上殿"——向皇帝奏事时，不称"臣某某"；上朝不必踩小碎步；上殿特准佩剑且不脱鞋（古人席地而坐，入室需脱鞋）。

这是后世权臣篡位必然出现的一个模式，另一个模式是赐九锡。只要这两个模式出现，该权臣或他的儿子终将篡位。

董卓性格残忍，一旦专政，放言："我的相貌，尊贵无上！"开始肆意杀戮大臣，更纵兵掳掠洛阳的贵戚之家，人心惶惶。

袁绍逃走之后，董卓没有第一时间追杀他，后来又记仇，下令缉捕。但是在担心山东（崤山以东）诸侯造反的考虑之下，董卓发表任命袁绍为渤海太守，袁术为后将军，曹操为骁骑校尉。

【原典再现】

卓按剑叱绍曰："竖子敢然！天下之事，岂不在我？我欲为之，谁敢不从！尔谓董卓刀为不利乎！"

绍勃然曰："天下健者，岂惟董公！"引佩刀，横揖，径出。

——《资治通鉴·汉纪五十一》

但是董卓的凶暴无法令人安心，袁术首先弃职逃亡，接着曹操也逃离洛阳。董卓知道这两人必成大患，下令全国通缉。

曹操改名换姓，抄小径奔向家乡谯县。经过中牟（今河南中牟县）时，被亭长逮捕。中牟县功曹（掌管人事的官职）建议县令，释放曹操。这段故事在三国演义小说以及传统戏曲中成为著名的"捉放曹"桥段。

11．吕伯奢：坐实奸雄形象

捉放曹之后，是更有名的一段：曹操去拜访老朋友吕伯奢，却因为疑心病太重，杀了吕伯奢全家。这段故事有好几个版本，最精彩的是下方这个剧本。

值得一提的是，最后那两句话并非小说杜撰，白纸黑字记载在晋人孙盛的《杂记》，因此"宁我负人，毋人负我"这八个字，也成为曹操"奸雄"形象的铁证。事实上，在此之前，曹操曾经拒绝参

【原典再现】

（曹操杀了吕伯奢全家之后，在路上遇到吕伯奢，力邀曹操留宿）操不顾，策马便行。行不数步，忽拔剑复回，叫伯奢曰："此来者何人？"伯奢回头看时，操挥剑砍伯奢于驴下。宫大惊曰："适才误耳，今何为也？"操曰："伯奢到家，见杀死多人，安肯干休？若率众来追，必遭其祸矣。"宫曰："知而故杀，大不义也！"

操曰："宁教我负天下人，休教天下人负我。"

——《三国演义第四回》

加冀州刺史王芬的政变阴谋，又拒绝参加何进、袁绍的诛杀宦官行动，这一次又拒绝董卓的拉拢。由此可以看出，曹操不但看清楚天下将乱，还看清楚王芬、何进、董卓都不会成功——他宁可选择辛苦但是会成功的道路。

曹操选择的道路是什么？

他回到陈留郡（今河南开封一带），变卖家产，招募勇士，集结了五千人——曹嵩依靠宦官，买到三公高位，想当然敛聚了不少家产，这下子都成了曹操打天下的"第一桶金"。

曹操不是当世唯一有眼光、有野心的英雄，各路诸侯已经各自聚众，准备起兵讨伐董卓。

12. 韩馥让冀州：引狼入室，只能自杀

　　关东州郡纷纷起兵，口径一致"讨伐董卓"，可是董卓挟持了天子，讨伐董卓形同造反，这当中有一些技术问题必须解决。

　　解决方案是，大家共推袁绍为盟主，袁绍自称车骑将军，各路诸侯则由袁绍"板授"（没有诏书的任官令）官衔，包括：冀州牧韩馥、豫州（今河南、安徽、江苏交界一带）刺史孔伷、兖州（今山东、河南交界的南段一带）刺史刘岱、陈留太守张邈、广陵（今江苏境内江淮之间）太守张超、东郡太守桥瑁、山阳（今山东境内）太守袁遗、济北相（济北是封国，今山东境内）鲍信、后将军袁术。他们都在崤山以东，故称为山东诸侯。联军中也包括曹操，但是曹操没有要袁绍"板授"——再次显示曹操高于其他诸侯一等，天下已经大乱，有实力就出头，还在等别人任官，如何超越"别人"？

　　前述诸侯中，只有韩馥是留守邺城（今河北邯郸市临漳县），负责后勤供给。实际上，他当时官位最高（州牧），而且刚开始时，由于他支持袁绍，才让袁绍成为盟主，后来他却又嫉妒袁绍，于是暗中减少粮秣供应，想要让袁绍的部众因粮秣不继而离散。

　　袁绍幕下智囊逢纪提出策略建议："韩馥是个庸才，我们可以联络幽州降虏校尉公孙瓒，鼓动他南下攻击冀州，韩馥一定惊慌失措。我们再派出口才良好的使节，前往邺城，向韩馥分析祸福，说服他

将冀州牧让给你。韩馥在强大压力之下，就会交出政权。"

袁绍接受这个建议，写信给公孙瓒。公孙瓒正苦恼无理由南下，接到袁绍来信，正中下怀。于是打起讨董卓旗号，大军却往邺城前进（董卓此时已西迁长安，下章再述），意图明显。

韩馥出兵阻截，却被公孙瓒击败。于是袁绍派出游说团前往邺城，游说团由荀谌担任主角。

荀谌对韩馥说："公孙瓒的幽州兵团都是燕、代战士，长年驻守北疆（防御鲜卑），个个身经百战，我们替将军担忧。"

韩馥悚然，问："那该怎么办？"

荀谌说："阁下自以为，收揽天下英雄豪杰归心，比袁绍如何？"

韩馥说："不如。"

荀谌说："阁下自以为，面对危机时，奇计、决策、智勇过人，比袁绍如何？"

韩馥说："不如。"

荀谌说："阁下自以为，数代恩信布天下，家家受惠，比袁绍如何？"

韩馥说："不如。"

荀谌说："袁绍是当代人中豪杰，将军却以'三不如'的条件，居他上位，这种情况绝对不可能长久，冀州为天下枢纽，若公孙瓒与袁绍连手，南北夹攻，阁下的危亡，已迫在眉睫。袁绍与阁下是老交情，不如将冀州让给袁绍，袁绍感戴阁下厚德，公孙瓒也不敢冒犯。如此则阁下拥有让贤美名，而自身比泰山还要平安。"（"安如泰山"语出此典。）

韩馥听了这番游说，决定让出冀州。可想而知，韩馥的亲信个个反对，但韩馥秉性软弱，又自认为是袁氏故吏，于是将冀州让给袁绍。

但事实证明，韩馥是引狼入室。袁绍坐上冀州牧的位子，任命朱汉为都官从事（参谋）。朱汉从前受过韩馥羞辱，上任第一道命令，派兵包围韩馥住处，捉住韩馥的长子，以铁槌敲断他的双足，袁绍闻报，立即逮捕朱汉，登时诛杀。

可是韩馥已经心胆俱裂，请求免一死，袁绍允许他投奔陈留太守张邈。

不久之后，袁绍的使节晋见张邈。韩馥在座，使节对张邈附耳低语，韩馥疑神疑鬼，藉上厕所为名离席，就在厕所中自杀。

【原典再现】

谌曰："君自料宽仁容众为天下所附，孰与袁氏？"

馥曰："不如也。"

谌曰："临危吐决①，智勇过人，又孰与袁氏？"

馥曰："不如也。"

谌曰："世布恩德，天下家受其惠，又孰与袁氏？"

馥曰："不如也。"

谌曰："袁氏一时之杰，将军资三不如之势，久处其上，彼必不为将军下也……是将军有让贤之名，而身安于泰山也。"

——《资治通鉴·汉纪五十二》

① 吐：多音字读作"兔"。吐决：立下决断（野兔逃生时决断敏捷）。

13．郑泰：董卓搞不定朝廷官员

前章说袁绍谋夺冀州，过程同时间有另一件大事也开始进行，就是董卓挟持汉献帝迁都关中。

起初是董卓想要全国动员，征集大军讨伐山东诸侯。

尚书郑泰说："施政看仁德，不看武力众寡。"

董卓沉下脸说："照你这么说，军队就没有用了？"董卓是武人，最恨人家说他不懂儒家那一套。而现实是乱世不讲仁义、礼仪，拳头大的人赢，所以郑泰急忙解释："不是这个意思，只是强调，山东那些家伙，不必劳烦动用大军。"

郑泰分析："阁下生在西州（今函谷关以西地区），自年轻就担任将帅，娴习军事。而袁绍不过是个公子哥儿，一生都在洛阳；张邈不过东平郡一个老实书呆子，坐着眼睛都不斜视；孔伷只会清谈高论，把死的说活，活的说死。这些人都不是你的对手，他们的军队也不是西州军队的对手。"

这番话很顺董卓的耳，可是东军的压力仍然很大，董卓乃起迁都念头。也就是将中央政府，从皇帝到百官，全部迁往长安。

由此可见，董卓虽有篡位野心，却并无一统天下的格局，只想回到自己的势力范围，关起门当土皇帝，等于割据一方。然而，洛阳的中央政府百官，当然都不愿意搬去长安。司徒杨彪带头反对，对董卓说："天下大事，发动容易，收拾残局困难，请阁下三思。"

这话又触了董卓的霉头，直指董卓是"收拾残局"才要迁都，因而大为光火，说："你是在攻击国家大计吗？"

太尉董琬为杨彪缓颊："如此重大决策，杨司徒只是提醒应该慎重而已。"董卓闭口不言。司空荀爽打圆场："相国是顾虑山东起兵，非一朝一夕可以平息，所以打算先迁都，然后部署反攻。固守关中，是秦、汉宰制天下的大战略啊！"董卓这才息怒。

上述是三公发言，董卓还给点面子。接着有两位校尉（禁军将领）伍琼、周毖坚持反对迁都，董卓大怒，说："我初入洛阳时，你们两个劝我任用正人君子，我都采纳了。可是那些家伙却一个一个起兵背叛我。这可是你们二位出卖我董卓，不是我董卓出卖你们！"下令诛杀伍琼与周毖。

的确，当初劝董卓不立即杀袁绍，又建议任命袁绍为渤海太守，就是郑泰、伍琼与周毖。伍、周二人被杀之后，郑泰少了两位牵制董卓的同志，孤掌难鸣，后来谋刺董卓不成，潜逃投奔袁术。然而，前文郑泰分析袁绍、张邈、孔伷的论点，仍是中肯之论。由此亦可见，东汉末年的"品人之学"，确实有它一套，三国历史中不乏高明的品人论述。

【原典再现】

卓大怒曰："卓初入朝，二君劝用善士，故卓相从，而诸君到官，举兵相图，此二君卖卓，卓何用相负！"

——《资治通鉴·汉纪五十一》

14．曹洪：曹操败部复活

　　董卓终于展开迁都行动，同时将洛阳全面摧毁：纵火焚烧皇宫、官厅房舍，当然波及邻近民宅，京城洛阳成为一片焦土，二百里内鸡犬不留。毁掉京城建筑物还不够，董卓将洛阳所有富豪集中，全数诛杀。并且驱赶全城人民，共数百万人之多，前往长安（洛阳到长安，直线距离三百五十公里）。董卓在干什么？他要消灭任何"洛阳再起"的可能，免得他走了，其他人据有洛阳，足以号召跟他对对抗。毁了城市，杀了富豪，逼迁人民，才能彻底消灭一个帝都。屠杀富豪，当然也没收了他们的财产，但这样还不够，董卓命令吕布，挖掘东汉历代皇帝陵寝以及公卿的坟墓，盗取所有珍宝。至于俘房的山东士兵，则裹以油布，活活烧死。董卓亲自坐镇洛阳，为迁都行动断后，而山东诸侯联军，一个个都不敢出击。

　　曹操向诸侯晓以大义，力陈"董卓焚烧宫室，劫迁天子，四海之内为之愤怒，这正是天亡董卓之时，也是一战而定天下的大好时机，绝对不可错失"，可是诸侯没人理他（每个人都有官衔，曹操没有，更看轻他是宦官后人）。

　　于是曹操单独率军而西上，追击董卓，却在荥阳（今河南荥阳市）被凉州将领徐荣击败，士卒死伤甚多。曹操被流箭射中，坐骑受伤。堂弟曹洪将自己的马让给曹操，曹操不接受。曹洪说："天下可以没有曹洪，不可以没有曹操。"曹操这才上马，趁夜遁走。曹洪步行护送曹操一直到汴水，河水深，人马不能渡，曹洪顺着河找到船只，才跟曹操一同渡过汴水。

曹操虽败，徐荣却为曹操的奋战精神所慑，不敢进击联军大本营酸枣（今河南延津县北）。

聚集在酸枣的联军人数已达十余万人，却每天置酒高会。曹操回到酸枣，责备大家，并提出他的战略：袁绍进逼孟津；大军主力据守成臯，控制敖仓，封锁轩辕山、太谷口险要；袁术攻丹水、析县，直入武关……

各路诸侯完全听不进去，谁会听一个败军之将的调度呢？何况那些世家大族原本就看不起这个宦官后人。

不久，酸枣粮秣告尽，各军拔营星散。同时，开始内斗，相互攻伐。

曹操回到谯县，之前带去的五千人已经所剩无几。这时，曹洪也回到谯县，而且带来数千兵马。原来，曹洪渡过汴水之后，与曹操分手，去到扬州（今江苏扬州市），说服他的老朋友扬州刺史陈温，募兵两千人，又在丹阳（今江苏丹阳市）募兵数千人。于是，曹操有了卷土重来的本钱。

你没读到的三国

唐朝诗人杜牧《题乌江亭》："胜败兵家事不期，包羞忍耻是男儿。江东子弟多才俊，卷土重来未可知。"

对于楚霸王项羽"如果回到江东，能不能卷土重来"的争论，由于是假设性命题，而时空无法倒转，因此不可能有结论。

然而，若对比曹操这一段故事，或许会得出正向的结论。关键在于：项羽没有一位能帮他"再募数千勇士"的堂弟。

【原典再现】

操兵败，为流矢所中，所乘马被创①。从弟曹洪以马与操，操不受。洪曰："天下可无洪，不可无君。"遂步从到汴水，水深不得渡，洪循水得船，与太祖俱济②。

——《资治通鉴·汉纪五十一》与《三国志·魏书·曹洪列传》

① 被：多音字读作"披"。被创：受伤。
② 济：渡河。

15．刘虞：不当傀儡天子

董卓逃回关中，死守函谷关。山东诸侯向西推进，成了"关东诸侯"（函谷关以东），也就是掌握了中原地区。于是想要拥戴一个他们可以控制的皇帝，他们相中的是幽州牧刘虞。

刘虞担任幽州牧，与百姓共甘苦。身着破衣，脚穿草鞋，每顿饭不超过一种肉食，宽刑罚、奖农桑，开放上谷与北方民族互市，又开发渔阳的盐铁之利，人民欢悦，年岁丰登，物价平稳。当中原战乱之时，士人与平民逃奔幽州多达百余万人。也就是说，幽州成了一个乱世中的太平世界，人们口耳相传，都称颂刘虞。他又是刘姓皇族，于是成为诸侯心目中的理想皇帝人选。

可是，诸侯中持反对意见者，却是袁绍的堂弟袁术。袁绍写信给袁术，希望他支持拥立刘虞。可是袁术本人有当皇帝的野心，因此拒不同意，还摆出一副忠贞嘴脸教训袁绍："圣主（刘协）英明聪慧，眼前被董卓这贼子绑架，只是汉家的一次小小厄运而已，我一片赤心，志在消灭董卓，不知道其他！"

袁绍并不因此放弃另立天子的念头，派前乐浪太守张岐为使节，带着诸侯拥戴文书，前往幽州，奉上皇帝尊号。乐浪郡属于幽州，张岐是刘虞老部下，可是刘虞不顾老交情，厉色痛斥张岐："如今天下崩乱，主上蒙尘。我受到重恩而不能雪国耻，诸君守护州郡有责，就该戮力尽心效忠，怎么反而拿这种叛逆行为来污染我！"

袁绍等退而求其次，请刘虞"领尚书事"，代表皇帝封爵任官，刘虞仍不接受。逼得急了，刘虞扬言要投奔匈奴，以杜绝这个念头，袁绍等这才停止。

刘虞的儿子刘和在长安担任侍中，汉献帝想要回到洛阳（他不晓得洛阳已成一片焦土），命刘和逃出武关（关中南方最重要关口），请刘虞出兵迎驾。

刘和到了南阳（河南、湖北交界一带），却被袁术扣留，宣称自己将发兵西进，要刘和写信给刘虞。刘虞接到信，派出数千骑军队，前往南阳与袁术会合，出兵关中。之前出兵帮袁绍（向韩馥施压）夺了冀州的幽州降虏校尉公孙瓒，识破袁术诡计，极力劝阻刘虞不可中计，但刘虞不听。

公孙瓒警觉到，刘虞不是一个脑袋清楚的老板，必然无法久存

【原典再现】

　　袁术答袁绍曰："圣主聪叡，有周成之质，贼卓因危乱之际，威服百寮①，此乃汉家小厄之会……偻偻②赤心，志在灭卓，不识其他！"

——《资治通鉴·汉纪五十二》

　　周成：周成王。周武王逝世，周公抱着成王当天子。袁术明白反对"拥立刘虞当傀儡天子"，因为小皇帝跟周成王一样优秀。

---

① 寮：同"僚"。
② 偻：音"驴"，同"缕"。偻偻：丝丝。

于当前的丛林法则与诸侯之中，而他警告刘虞不可信任袁术，很可能因此得罪了当前最有势力的二袁。于是他迅速改变立场，派堂弟公孙越领一千骑兵，一同前往南阳。暗嘱公孙越唆使袁术囚禁刘和，并吞并幽州派去的军队。

刘和很机警，从南阳逃出，投奔袁绍。可是袁绍也不放他回幽州，留他不放，以之要挟刘虞。刘虞跟公孙瓒于是结怨，伏下幽州内战的因子。

16. 公孙瓒：赢得幽州争夺战

公孙越到了南阳，被袁术派去配合袁绍部下的豫州刺史周昂一同出战，那是他第一个任务，也是最后一个——因为他不幸被流箭射死了。

公孙瓒勃然大怒，说："袁绍必须为此负责。"立即出兵，进驻盘河，上书长安，历数袁绍罪行，然后展开攻击。冀州有好几座城背叛袁绍，归附公孙瓒——袁绍以骗术得到冀州，又逼死韩馥，不得人心。

无论如何，袁绍为此惶惧，将自己的渤海太守印绶（也是他唯一被汉献帝封的官职），交给公孙瓒的另一名堂弟公孙范，任命公孙范为渤海太守，以向公孙瓒示好。公孙范到勃海上任后，立即翻脸，以渤海郡兵力加入公孙瓒集团。

公孙瓒对袁绍开战，粮秣来源是幽州府。而刘虞虽然位居幽州牧，掌军政大权，更得人民敬爱，可是他秉性温和，无法节制作风跋扈的公孙瓒。前章述及刘虞与公孙瓒结怨，刘虞趁此机会克扣公孙瓒粮秣，公孙瓒很火大，愈发不听刘虞命令。两人分别向长安政府上表，控诉对方，可是长安政府哪管得到关东，只能和稀泥，敷衍了事。

刘虞数度请公孙瓒到蓟县开会，公孙瓒都称病不去。刘虞认定公孙瓒迟早会叛变，于是先下手为强，集结十万大军进攻公孙瓒大本营所在的一座小城。事出突然，公孙瓒来不及召回外地军队，惊恐之下，一度想要凿破城墙逃走。

可是刘虞不会带兵打仗，又爱护人民，不准军队纵火，下令："不许多杀，只杀公孙瓒一人。"

都已经兵戎相见了，还称对方的字，而不称名，可见刘虞真是一位有礼貌的君子。而下令不许伤及他人，更足以媲美宋襄公"不重创，不伤二毛"（不杀负伤者，不伤有白发者）。正是又一例"对敌人仁慈，就是对自己残忍"。

公孙瓒看出整个情况，乃精选精锐战士数百人，顺着风势纵火，直冲突入刘虞大军本阵。刘虞军队霎时崩溃，刘虞带着州政府官属向北逃奔，一直奔到居庸。公孙瓒围攻居庸城三天，城陷，生擒刘虞与妻子、儿女。

回到蓟县，公孙瓒仍然教刘虞在公文书上署名，看起来幽州还是刘虞当家。直到长安政府来了一位使节段训，擢升公孙瓒为前将军。公孙瓒这才向使节指控刘虞跟袁绍通谋，袁绍要拥刘虞为帝，于是段训以汉献帝使节名义，斩刘虞与妻子、儿女。

于是幽州成为公孙瓒的地盘，这期间，他的部下出现了一组英雄人物——三国主角刘关张赵登场了！

【原典再现】

虞兵无部伍，不习战，又爱民庐舍，敕不听焚烧，戒军士曰："无伤余人，杀一伯珪①而已。"攻围不下。

——《资治通鉴·汉纪五十二》

① 伯珪：公孙瓒字伯珪。

17．刘备：刘关张赵兄弟帮，靠人脉不靠学识

公孙瓒崭起之时，一位老同学前来投靠，名字叫刘备。刘备的祖先可以上溯到西汉景帝的儿子中山靖王刘胜，可是传到十四代之后，刘备只能跟着寡母织席贩履糊口。

刘备相貌不俗：身高七尺五寸（约一米七二左右），双臂下垂时能超过膝盖，而且耳朵超大，扭头可以看见自己耳垂。

虽然家境清贫，刘备却从小就有大志。自家篱内有一棵桑树，高五丈余，树形如一座车盖（汉制封侯以上才有车盖），行人都说"此地必出贵人"。刘备对亲族小朋友说："我将来的车乘，一定要像这棵树一样，车盖上并以羽毛装饰。"羽葆盖车，那可是皇帝仪仗。刘备的叔父刘子敬斥责他："小孩子不要乱讲话，那可是满门抄斩的罪名！"

刘备十五岁时，母亲让他去洛阳游学，拜在卢植门下，同学当中就有公孙瓒。公孙瓒威名大噪时，刘备前往投靠。公孙瓒命他随田楷夺取青州（今山东青州市一带），成功后，田楷任青州刺史，刘备任平原相（今山东德州市一带，平原相为县长级）。

刘备任命两位从小一同长大的哥儿们关羽、张飞为平原国的别部司马，统领军队。刘备从小就会拉帮结派，而关张二人会帮他"御侮"，也就是说，刘备是少年帮派的头脑，关羽、张飞则是肌肉棒子。

三国演义写"桃园三结义"其实有所本，三国志记载：刘备跟

关张二人"寝则同，恩若兄弟"。而关张二人在人多场合，总是站在刘备身后，有时站一整天。后来追随刘备历尽艰险，历史上像这样的君臣关系，绝无仅有。

当时公孙瓒手下还有一位英雄人物赵云，率领本郡（常山）民兵投奔公孙瓒，常山属冀州，公孙瓒问赵云："为什么不归附袁绍？"赵云说："天下沸腾，人民痛苦如倒悬。冀州人士盼望的是仁政，而不是轻视袁绍而趋附将军。"很可能，赵云属于前述看不惯袁绍诈取冀州的人士之一。

刘备对赵云至为钦佩，倾心结交，因此，赵云也去到平原国，为刘备统领骑兵。

你没读到的三国

刘备成功靠的是诸葛亮、关羽、张飞、赵云，是吗？是，不错。但若不是寡母自己织草鞋、草席为生，还送他去洛阳游学，刘备哪有往后的机会呢？

刘备去到洛阳，进入当代大儒郑玄门下，与公孙瓒等人为友。回过头来看，刘备到洛阳游学，对他后来事业有帮助的，不是学识，而是人脉。

【原典再现】

先主少时，与宗中小儿于树下戏，言："吾必当乘此羽葆盖车。"叔父子敬谓曰："汝勿妄语，灭吾门也！"

——《三国志·蜀书·先主传》

18．孙坚：英雄不长命

公孙瓒与袁绍结怨，跟袁术结盟，使得二袁之间的矛盾更加表面化。

袁术是袁绍的异母弟，但他是正室所生，袁绍是小妾所生。他俩的父亲是袁逢，袁逢的大哥早逝无后，而由袁绍出继，因而袁绍反而成了袁氏长房家长，可是袁术却始终不甘位居袁绍之后，对于诸侯多归附袁绍，气得大叫："那些不长眼的白痴！不追随我，反而去追随我们袁家的家奴！"甚至在给公孙瓒的信中写："袁绍不是袁家的儿子。"袁绍听说，暴跳如雷。

公孙瓒和袁术的同盟，形成幽州与南阳夹击冀州的形势。对此，袁绍则与荆州（今湖北与湖南北部）刺史刘表结盟，夹击袁术。

袁术命破虏将军孙坚攻击刘表，刘表命部将黄祖迎战。孙坚连战皆捷，黄祖退入岘山，孙坚趁夜追击，却在应战中被流箭射死。

而此前孙坚在张温大军回京后，发表长沙（今湖南长沙市）太守，领军参加讨董卓联军。董卓迁都长安，孙坚突击荆州刺史王叡，攻下南阳郡。当时驻扎在鲁阳的袁术"上表"任命孙坚为破虏将军，豫州刺史，自己则并吞南阳。

事实上，当时汉献帝在董卓挟持之下，"上表"根本是假动作，豫州当时权力真空（董卓的西凉军团退得太快），孙坚必须自己带军队去占领，袁术则不费一兵一卒，得到了南阳郡。之前，孙坚劝张温杀了董卓不成（见第五章），如今有了地盘，乃领军攻击董卓，连续击败凉州军团，并斩杀大将华雄，董卓派人请求跟他和亲，并列名举荐孙家子弟担任刺史、太守。孙坚说："董卓逆天无道，倾覆王室，今天不夷你三族，昭告四海，我死都不能瞑目，岂能跟你和亲！"

董卓西向退进函谷关，孙坚乃进入洛阳，修复历代皇帝陵寝，填平董卓盗墓时挖掘的墓坑。完工之后，回军驻扎鲁阳。

然而，豫州的位置恰在袁绍与袁术之间，孙坚又成为袁术抵挡袁绍的棋子，后来又受袁术的差遣，去攻击刘表而阵亡。简单说，孙坚在讨董卓联军中，与曹操是"唯二"英勇奋战的将领，却一直被袁术玩弄。

【原典再现】

豪杰多附于绍，术怒曰："群竖①不吾从，而从吾家奴乎！"又与公孙瓒书曰："绍非袁氏子。"绍闻大怒。

——《资治通鉴·汉纪五十二》

① 竖：对人的贬义称呼，如"竖子"。

19．刘表据有荆州：洛阳社交圈中的"心机一号"

相对于孙坚的勇敢善战却少心机，刘表则是一个懂得算计的人物。

刘表是世家子弟，身型高大，外表英俊，在洛阳社交圈中很活跃，名列"八交"之一。所谓"八俊"、"八顾"、"八交"等名词，都是当时士人相互标榜搞出来的。

孙坚击破荆州刺史王叡，长安政权（董卓挟持汉献帝）任命刘表为荆州刺史。当时的刘表堪称有胆识，单枪匹马进入宜城，向南郡地方名人蒯良、蒯越请教，说："如今荆州遍地变民，袁术又占领南阳（南阳是荆州八郡中最北一部）。我打算征兵，又怕征不到，二位有何建议？"

蒯越说："袁术骄傲却无谋，本地的宗部变民首领多半贪暴，士卒离心，给他们一点小利就会投降，阁下再诛杀贼首，收编部众，土匪变成保安军队，一州之内都得安居乐业，你的威望和恩德将令人心归附。一旦军队集结，人心归附，然后南据江陵，北守襄阳，八郡可传檄而定。那时候，袁术再来，也无能为力了。"

刘表大为赞同，于是派人引诱变民集团领袖，被骗来的有五十五人，刘表将他们全体诛杀，收编他们的部众，将郡治由武陵（在长江以南）迁到襄阳（靠近河南），荆州从此成为刘表的地盘。

袁绍结交刘表，袁术命孙坚攻击刘表，孙坚被流箭射死，袁术

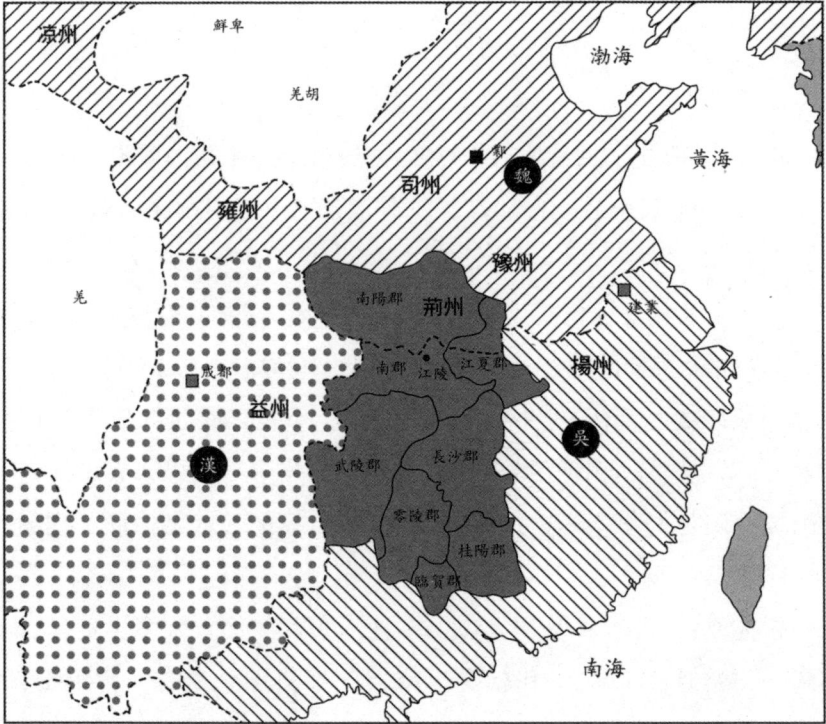

荆州的战略位置明显易见

乃不再有攻击刘表的力量，而长安政权更顺势任命刘表为荆州牧，拉拢刘表以制衡关东诸侯。

你没读到的三国

蒯越向刘表提出的战略，确实了不起，得以让单枪匹马的刘表，由空头荆州刺史变成实质荆州王，足堪与诸葛亮的"隆中对"（让刘备由丧家之犬变成三分天下居其一）相媲美。

荆州位居三国势力交集的枢纽地带，赤壁大战之后，三国就一直都在争夺荆州。

荆州又因缘际会聚集了很多人才，如蒯越、诸葛亮、庞德、徐庶等。

刘表据有荆州，有地利、有人才，却非但不能争胜天下，甚至保不住荆州，只能怪自己才具不足矣！

【原典再现】

蒯越曰："袁术骄而无谋，宗贼帅多贪暴，为下所患，若使人示之以利，必持众来。使君诛其无道，抚而用之，一州之人有乐存之心，闻君威德，必襁负①而至矣。

兵集众附，南据江陵，北守襄阳，荆州八郡可传檄而定。公路②虽至，无能为也。"

——《资治通鉴·汉纪五十一》

---

① 襁负：以布幅束幼儿于背。
② 公路：袁术字公路。

20. 公孙度：割据辽东，独自称国

与刘表为荆州牧大约同时，远在辽东的公孙度自封平州（今辽宁）牧，后来并一度成为三国之外唯一的独立国家。

公孙度的父亲公孙延因事（通常是犯了罪）躲避官吏，举家迁往玄菟郡（今辽宁沈阳附近）。公孙度在郡政府担任小吏，却受到太守公孙域的另眼看待，公孙域的独子公孙豹十八岁英年早逝，公孙度与之同年，而且乳名就是"豹"。公孙域爱屋及乌，供公孙度读书，还为他娶妻，更举荐他任官，一路升到冀州刺史。

董卓部将徐荣（在荥阳痛击曹操那一位）推荐公孙度为辽东太守。公孙度因为曾在郡政府担任小吏，到任后，有一些过去的官员不理睬他，公孙度严厉报复，甚至杀人抄家灭族，以高压统治震慑官吏。

公孙度看到中原诸侯相攻扰攘，就对左右说："汉朝要亡了，我将与诸君一同建立王国。刚巧，公孙度家乡襄平县延里的神社出一块巨石，长一丈有余，下方还有三只'脚'。马屁集团立刻进言："当年汉宣帝由平民变成皇帝之前，在冠石山出现巨石，下面也有三足，这是同样的祥瑞出现。而里名"延"刚好是阁下父亲之名，神社主官土地，这是阁下将拥有土地的预兆，而且还有三公为辅佐。"拥有土地且三公为辅，那当然是当皇帝咯！

于是公孙度起了雄心壮志，向东讨伐高句丽（今朝鲜），向西讨伐乌丸（又名乌桓，属东胡族），分辽东郡为二（增设中辽郡），再攻下东莱郡的几个县，然后称自己的地盘为平州，上表长安政府，汉献帝（其实是董卓）发表他为平州牧。

中原士人因逃避战乱而前往平州投靠公孙度，其中一位名叫管宁。

管宁年轻时与华歆是好朋友，曾经一同在菜园里翻土种菜，锄头挖出了一块金子，管宁将它当成瓦石一般，堆到一旁。华歆看见那块黄澄澄的东西，捡起来看了看，才又丢弃一旁。当时流行品人，时人以此品评管宁高于华歆。

又一次，两人同席读书，门外有达官贵人经过，车仗吆喝声引得华歆到门外观看。回来时，却见管宁将草席割开，说："你不是我的朋友。"

而这，就是成语"割席绝交"的典故。

【原典再现】

管宁、华歆共同园中锄菜，见地有片金，管挥锄与瓦石不异，华捉而掷去之。

又尝同席读书，有乘轩冕①过门者。宁读书如故，歆废书出看。宁割席分坐，曰："子非吾友也。"

——《世说新语·德行》

① 轩冕：有盖的车，达官贵人才能乘坐。

21．程昱：慧眼识曹操

孙坚战死后，袁术受到刘表牵制，袁绍乃亲自领军与公孙瓒决战，公孙瓒动员三万大军，在界桥（古城遗址在河北邢台市威县东）南方二十里处，两军对上了。

袁绍先遣曲义率精兵八百人迎击，另在左右侧翼埋伏千人强弩部队。公孙瓒轻敌，派主力骑兵蹂践这八百人小部队。曲义下令全体匍匐于盾牌下面，动也不动（万马奔腾而来，能全军不动，果然训练有素）。这时，伏兵万箭齐发，矢如雨下，骑兵前进之势顿挫，然后曲义的军队起身出击，杀声震天，公孙瓒军大败，向北撤退。袁绍追击，公孙瓒在界桥整顿后反扑，再被曲义击败。公孙瓒无力再战，全军撤回幽州。

在此之前，兖州刺史刘岱一直在袁绍与公孙瓒之间斡旋，希望双方和平相处。袁绍将妻子、儿女送到昌邑（兖州州治），公孙瓒也派使节出使兖州——刘岱与双方维持等距。

公孙瓒进兵冀州，连下数城时，要求刘岱交出袁绍的眷属，同时训令使节："若刘岱拒绝，就退出兖州，等我消灭了袁绍。再收拾刘岱。"

刘岱召集参谋开会商讨对策，一连数日，不能决意。听说东郡人程昱素有谋略，就将他请来开会。

程昱说："袁绍近而公孙瓒远。如果弃袁绍而靠向公孙瓒，好比儿子溺水而去求越人相救（越人习水性，能救溺），势不能相及。况且，公孙瓒肯定不是袁绍对手，眼前虽然打败袁绍，最终要栽在袁绍手中。"刘岱采纳。

于是公孙瓒的使节范方撤回，还没回到大营，公孙瓒就已败。

刘岱有意延聘程昱为骑都尉，程昱以身体状况不佳而推辞。

后来，山东黄巾贼又作乱，刘岱被变民杀害。曹操担任兖州牧，征召程昱出来做官，程昱整理行囊应召，家乡人问他："为什么你之前一直不肯做官，如今却一反初衷？"程昱笑而不答。

违反初衷吗？不是的。程昱的品人功力也不差；他看出公孙瓒不是袁绍对手，也看出刘岱不是平天下的材料，但曹操是乱世奸雄。机会来了，他当然顺势把握。

【原典再现】

岱与官属议，连日不决，闻东郡程昱有智谋，召而问之。

昱曰："若弃绍近援而求瓒远助，此假人①于越人以救溺子之说也。夫公孙瓒非袁绍之敌也，今虽坏绍军，然终绍所禽②。"岱从之。

范方将其骑归，未至而瓒败。

——《资治通鉴·汉纪五十二》

① 假：借。假人：求助他人。
② 禽：同"擒"。

22．吕布刺杀董卓："父子之情"破灭

关东群雄因为攻不进函谷关而自相攻伐，使得身居关中的董卓愈发骄横。

董卓擢升弟弟董旻为左将军，侄儿董璜为中军校尉，掌握兵权。董家亲族大量涌进政府机关，董卓侍妾怀抱中的婴儿都封侯爵，而他的玩具竟是——紫绶金印。

董卓本人的车仗、服饰都僭越天子，官员都到太师府报告并接受指示。他又在郿县（今陕西眉县）兴筑坞堡，墙高七丈、厚度也七丈，里面储存足供三十年的谷米。常常自言自语："大事若成，就称雄天下；不成，守住这里也足以安度晚年。"

所谓"大事"，当然是指当皇帝。事实上，他若要在长安演一出"禅让"戏码，绝非难事。但是他根本不敢这样做，篡位只会激起关东诸侯再次联军来攻而已。所以他的喃喃自语，其实是一种心理虚弱的表现。

这种心理虚弱，使得他更为残忍，动辄杀人。部将与官员稍有差错，往往现场格杀，使得长安朝廷中，个个都在惊恐中度日。

董卓成为独夫，只相信一个人：吕布。吕布精于骑射，武艺超群，勇力尤其过人，董卓无论到任何地方，吕布都贴身相随，誓言情同父子。

可是有一天，董卓为了一件小事，对吕布大发脾气，顺手抄起手戟（小型利刃）掷向吕布。吕布身手矫捷闪过，向董卓道歉，董卓才息怒。从此，吕布心怀怨恨。

另外，吕布跟太师府一名侍婢私通，怕被董卓发现，心里的紧张、忧惧，一天天加深。（这位史书上无名的侍婢，在三国演义中名叫貂蝉，并且因三国演义流传甚广且久，成为中国四大美女之一，身份也成为王允的养女，被王允利用来施行美人计。又，四大美女另外三位是：西施、王昭君、杨贵妃，都是真实人物，只有貂蝉是虚构人物。）

司徒王允探知吕布的忧惧，邀吕布参加行刺董卓的行动。吕布迟疑说："可是我们有父子之情啊！"王允说："你姓吕，不姓董，又不是骨肉之亲。如今死亡的阴影笼罩，还讲什么父子之情？他向你掷戟的时候，心里岂有父子之情？"

于是吕布加入刺杀董卓集团。有一天，汉献帝患病痊愈，在未央殿大会群臣。董卓穿着朝服，乘车入宫，沿路警卫森严，吕布全副武装前后巡逻。但是董卓不知道，吕布暗中命令骑都尉李肃领十余勇士，冒充卫士，埋伏在宫门内。

董卓的车子才进宫门，李肃发动突击，戟刺董卓前胸。董卓内穿铁甲，戟不能刺入，滑开，只伤到手臂。

董卓跌下车子，回头大呼："吕布何在！"

吕布大声说："奉诏诛杀贼臣。"

董卓破口大骂："狗崽子，胆敢如此！"

骂声未绝，吕布的戟已经刺进董卓身体（吕布力大，乃能穿甲），命士兵斩下人头。

长安居民为此大喜，在市街上歌舞；妇女卖掉首饰、衣裳、买酒买肉，就在闹市庆贺，人山人海。郿县坞堡里的董家亲族，不分老幼都被杀死。董卓的尸体被曝放在市场示众，肥胖的尸体因天热而油脂流满地面，守尸官吏在肚脐眼上插了一支巨大灯芯，点燃，持续烧了一天一夜。

独夫服罪，可是接下来的整肃，却让程序正义变成了"程序不正义"。

【原典再现】

允因以诛卓之谋告布，使为内应。布曰："如父子何？"曰："君自姓吕，本非骨肉。今忧死不暇，何谓父子？掷戟之时，岂有父子情邪！"

——《资治通鉴·汉纪五十二》

23．蔡邕：要命的一声惊叹

董卓死了，长安城内万民鼓舞欢欣，可是却有一个人因为一声惊叹而被杀。这个人就是本书最前面提到，校正《熹平石经》的蔡邕。

蔡邕一度受到汉灵帝刘宏的重用，并准许他以"皂囊封上"（上书密封在黑布囊中）。这项特权其实害了蔡邕，因为宦官群因此将无法求证的密告，都算在蔡邕头上。其结果是：蔡邕第一次被放逐朔方（北方边塞）得赦后，又被宦官追杀，浪迹江湖十二年。

董卓入京，把持朝政，特别征召蔡邕，蔡邕推辞说生病。董卓派人传话给他："告诉他，我有权屠人三族！"蔡邕只好赴洛阳报到。董卓大喜，请他担任国子监祭酒，相当于唯一一间公立大学的校长。后来一再升迁，曾在三天之内，历遍"三台"：尚书台（行政）、御史台（监察）、谒者台（外交），最后升任侍中（二千石，得出入宫廷）。

吕布杀了董卓，消息传到王允的司徒府，蔡邕正好在座，当场为之惊叹。

王允立刻变脸，厉声斥责："董卓是大奸巨贼，汉王室差点就让他倾覆了。你是国家的高级官员，应该立场一致，同仇敌忾。居然因为他对你的一点私恩，而表示悲痛，难道你跟他是叛逆同党！"

遂下令逮捕蔡邕，送交廷尉审讯。

蔡邕在狱中写悔过书，说："我虽然听命董卓，可是古今君臣大义却非常明白，岂可能背叛国家，效忠董卓？如今只求得免一死，甘愿受黥首刖足之刑，让我完成《汉史》。"

蔡邕不提撰史，说不定还死不了，一提撰史，尤其他说愿接受肉刑，就是要效法司马迁，因而愈发坚定王允要杀他的决心。

原来，王允是一位卫道人士，曾经批评《史记》是一部"谤书"。而他指责蔡邕事奉过董卓，心里却明白，自己也曾事奉过董卓。所以，王允怕的就是据实记录的史家。

蔡邕终于未免于一死，全力营救的太尉马日䃅私下说："王允莫非要绝后了吗？"

【原典再现】

邕谢曰："身虽不忠，古今大义，耳所厌闻，口所常玩，岂当背国而向①卓也！

愿黥首刖足，继成汉史。"

——《资治通鉴·汉纪五十二》

① 向：心向。

24．王允：李傕、郭汜兵变，对策却是火上浇油

　　如今的长安政权，由王允与吕布共同执政。可是王允视吕布为一介武夫，不但对吕布的政治建议不予重视，甚至在如何处置董卓的凉州军团的问题上，也不听吕布的意见。

　　吕布起初建议将董卓的将领斩草除根，王允说："他们没有罪，不可。"可是王允拟具了赦免诏令（以汉献帝名义），却又下令不要颁布。

　　不颁布赦令，王允却又擅自决定解散凉州军团。有人警告："凉州兵担心生命不保，恐怕后果难料。"王允说："不对！如果大军继续驻屯险要，反而让关东义军起疑，而关东义军是我们的盟友，所以凉州军团必须解散。"

　　王允这种思考，证明他完全不了解状况。关东诸侯当初联合讨伐董卓，就不全然是为了勤王。经过这一段时间的相互征伐，胜利者自己任命官吏，早就不理会长安政权，即使王允开关欢迎关东军队，他们也肯定不是王允的"盟友"。

　　不过王允并没有机会为此伤脑筋，因为凉州军团抢先一步造反了。

　　董卓手下大将李傕、郭汜（三国演义中称郭泛）派人去长安，请求颁布赦免令。王允回答说："同一年之内，不可以颁布两次赦令。"不答应。

李傕等西凉将领不知如何是好，有意遣散部队，各自逃回家乡。

凉州军团讨虏校尉贾诩说："你们如果抛弃大军，单独行动，则一个亭长就能收拾你了。不如团结一致，向西进攻长安，为董公（董卓）报仇。大事若成，则挟天子以号令天下；若不成功，再逃命不迟！"

于是凉州将领相互结盟，聚集数千军队，日夜行军，向长安前进。

而王允的对策却是：火上浇油！

他找来两位有声望的凉州豪族胡文才与杨整修，不假以辞色地对他们说："那些鼠辈想干什么？你去叫他们解散军队，来长安商量！"胡、杨二人闷声不吭退出，前往见到李傕、郭汜等，鼓动他们加速进军。

李傕等一路号召失散的凉州士兵，到达长安时，已经有十余万人众。吕布手下的四川军团叛变，打开城门，吕布不敌，率领数百骑兵突围，逃出长安。

凉州军团挟持汉献帝，杀了王允与其他大臣。长安政权现在由李傕、郭汜当家，凉州将领全都封侯。

【原典再现】

王允以胡文才、杨整修皆凉州大人①，召使东，解释之，不假借以温言，谓曰："关东鼠子，欲何为邪？卿往呼之！"于是二人往，实召兵而还。

——《资治通鉴·汉纪五十二》

---

① 大人：地方豪族。

25. 毛玠: 奉天子以令不臣

关中发生巨变的同时, 曹操在关东群雄中异军突起。

曹操当时是东郡太守, 东郡属兖州, 由于天下大乱, 民不聊生, 变民又起, 再打起黄巾旗号。而兖州刺史刘岱率军平乱, 却被黄巾击败, 身亡。

兖州群龙无首, 东郡一位游士(纵横家)陈宫前往昌邑游说别驾、治中(郡太守的高级幕僚), 请曹操来主持兖州。一向赏识曹操的济北国相鲍信大敲边鼓附和, 于是曹操成了兖州刺史。

曹操清剿黄巾变民, 起初并不顺利, 可是他能在失败中汲取教训, 并且善用奇兵计谋, 终于一步步将黄巾收剿。最后, 三十万武装变民(连同眷属超过百万)都归附曹操, 曹操遴选精锐, 称之为青州兵。

曹操聘陈留同乡毛玠为治中从事, 毛玠向曹操提出一个超级策略: "当今天下分崩离析, 皇帝流离播迁, 人民百业全废, 政府没有一年存粮, 人民没有安居之志。只有仁义之师才能取胜, 只有财源丰高才能聚人。我们应该尊奉天子以贬抑"不臣"的诸侯, 同时奖励农耕以积存粮草, 如此则霸业可成。"

这是曹操后来"挟天子以令诸侯"大战略的由来。当群雄割据, 相互攻伐之时, 有一个人跳出来尊奉天子, 就能立即取得道德上的制高点。事实上，这是春秋时齐桓公"尊王攘夷"的变化型。

聪明的曹操，当然一听就懂。立即派出使节前往关中，表达向皇帝效忠之意。关中当时是李傕、郭汜当家，他们虽不相信曹操的诚意，可是他们却不能阻止任何人尊奉天子，只能以同样厚重的礼物回报曹操——这又是"道德制高点"发挥的作用。

接着，曹操将军队由山东向中原移动。这时，原本据守南阳的袁术，在孙坚阵亡后，挡不住刘表的压力，于是向东移动。

曹操与袁术在封丘（今河南新乡县）对上了，曹操一再击败袁术，袁术一退再退，退到了淮河流域，以寿春（今江苏寿县）为根据地，自封扬州牧。

可是曹操的西进脚步却因为一次变故而乱了步骤，他的父亲曹嵩横死。

【原典再现】

　　珝言于操曰："今天下分崩，乘舆①播荡，生民废业，饥馑流亡，公家无经岁之储，百姓无安居之志，难以持久。夫兵义者胜，守位以财，宜奉天子以令不臣②，修耕植以畜③军资。如此则霸王之业可成也。"

　　　　　　　　　　　　　　　　　——《资治通鉴·汉纪五十二》

　　①舆：皇帝车仗。乘舆：指皇帝。
　　②不臣：不效忠朝廷的逆臣。
　　③畜：音义同"蓄"。

26. 陶谦：好官乱世非英雄

曹操命泰山太守应劭去琅琊（今山东临沂市）接父亲曹嵩到兖州就养。曹嵩当年能用千金买到太尉官位，宦囊饱满，太尉任上，当然更加努力"捞本"。这一次搬迁，单单载运金银绸缎珍宝的车子就有一百余辆。

如此招摇的车队，在经过阴平时，被徐州（今江苏徐州市）牧陶谦的部下盯上，一路追踪，选择适当地点，发动突袭，杀了曹嵩和幼子曹德。

陶谦原本官位是徐州刺史，他和曹操一样，派人去长安向汉献帝刘协表态效忠。汉献帝下诏（其实是李傕下诏），擢升陶谦为徐州牧。

可是陶谦和曹操又不一样，他尊奉天子换得州牧之后，并没有进一步逐鹿天下的积极作为。虽然他是个好官，徐州在他治下一派升平，粮仓充实，家给富足，四方流民都前往投奔。可是这种好官在乱世却不是英雄，甚至守不住地盘。

当代品人权威许劭，也就是说曹操"治世之能臣，乱世之奸雄"那一位，当时因避难定居广陵。陶谦对他至为礼遇，可是许劭对门人说："陶谦外貌忠厚，只不过是沽名钓誉。他现在待我虽厚，只怕不能持久。"于是离开徐州。不久之后，陶谦果然逮捕流亡人士，世人遂佩服许劭的先见之明。

许劭确实有识人之明，可是他却没有能力盱衡时势、提出方略。他这种人才在陶谦的手下是没有用的，因为陶谦并没有雄心壮志，也就没有选拔人才的需求。那么他就不能怪陶谦只有"假客气"。

无论如何，陶谦在徐州的治绩，使得徐州成为一块肥肉，陶谦不是英雄则使得荆州这块肥肉更引人觊觎，迟早会引来外兵侵犯。如今，手下劫杀曹嵩，当然就引来曹操的攻打。曹操自东郡发兵，攻向徐州，连下十余城。曹操杀红了眼，将无辜的百姓，不分男女老幼，数十万人都驱赶到泗水，全部坑杀，泗水为之不流。

陶谦的部队退守郯县（今山东郯城县北），由于曹军残暴，军民一心，死守县城，曹操久攻不下，只好撤退。回军途中，又屠三城，鸡犬不留，沿途城邑看不到一个行人。

【原典再现】

许劭避地广陵，谦礼之甚厚，劭告其徒曰："陶恭祖[①]外慕声名，内非真正，待吾虽厚，其势必薄。"遂去之。后谦果捕诸寓士[②]，人乃服其先识。

——《资治通鉴·汉纪五十二》

① 恭祖：陶谦字恭祖。
② 寓：寄居。寓士：指因战乱客居徐州的知识分子。

27. 张邈叛曹迎吕布：
昨日生死相许，今日自相残杀

　　曹操回到大本营鄄城（今山东甄城县），命荀彧、程昱留守，自己亲率大军，再对陶谦发动攻击，所过之处，都要彻底破坏。

　　上一次，由于曹军残暴，人民与守军合力防御。如果陶谦是一个英雄人物，人民会甘愿团结在他的旗帜之下，但陶谦不是，因此当曹操大军再来，作风如前残暴，徐州人民选择逃命，而非抵抗。

　　陶谦一败再败，请来的援军田楷与刘备也被击败，陶谦震恐，打算逃回老家丹阳。就在这个时候，曹操后方发生叛变。当初将他推上兖州刺史的陈宫，鼓动他的挚友陈留太守张邈，背叛曹操，迎接吕布，曹操只好撤退。

　　张邈好侠仗义，跟袁绍、曹操都是朋友。袁绍担任关东盟主时，张邈曾经义正词严的责备袁绍态度骄傲。袁绍是个闻过则怒的人，命令曹操杀了张邈，曹操说："孟卓（张邈字）是我俩的挚友，纵有过失也应予包容。如今天下未定，怎么可以自相残杀？"

　　曹操任兖州刺史，张邈为陈留太守（陈留是曹操最初起兵之地）。曹操第一次出征陶谦，报父仇心切，不作生还打算，对家人说："我如果不能生还，你们就去投靠孟卓。"

　　如此生死相许的朋友，却因陈宫一席话而起异心，令人费解。

三国演义写陈宫因曹操说出"宁我负人，毋人负我"而背弃曹操，虽是小说硬牵拖，但也只有陈宫游说张邈，才具有说服力，因为陈宫曾经有恩于曹操。

至于吕布，在退出长安之后，先后投奔袁术、袁绍与河内太守张杨，都是因为他骄傲横暴而无法与人合作。

陈宫对曹操起了异心，却选择了吕布，其识人之明是有问题的，但张邈是性情中人，对吕布十分倾心，认为他武艺超群，是个英雄人物，因而接受了陈宫的游说。

吕布到达东郡，张邈派人对留守鄄城的荀彧说："吕布前来助曹公作战，请准备粮秣。"荀彧是曹操帐下的首席智囊，曹操曾称许他是"吾之子房"——张良字子房（后代很多开国君主都有一位"吾之子房"）。荀彧分析吕布来意不善，张邈可能叛变，乃下令全城动员，严密戒备。

东郡太守夏侯惇由濮阳率军进入鄄城协防，当天深夜，逮捕参与张邈、陈宫阴谋的叛徒，诛杀数十人，稳住形势。

【原典再现】

操之前攻陶谦，志在必死，敕家曰："我若不还，往依孟卓。"后还见邈，垂泣相对。

——《资治通鉴·汉纪五十三》

28．典韦：曹操的"救命恩人"

荀彧与夏侯惇死守鄄城，吕布一时攻不下，将部队向西撤退，驻屯濮阳。程昱则稳住范县（今河南濮阳市范县）、东阿（今山东聊城市东阿县），挡住陈宫军队，并维持曹操大军回防鄄城的路线。

曹操回到兖州，虽然地盘只剩鄄、范、东阿三城，可是他分析："吕布在短时间内拿下一个州（兖州），不晓得据守东平，切断亢父、泰山要道，占据险要以截击我的归路，反而屯驻濮阳（富饶之地），可见他不懂兵法，不可能有大作为。"即刻部署反攻。

曹操对吕布一支军队发动夜袭，得手。还来不及撤退，吕布已经亲率援兵杀到。这一战，从清晨杀到黄昏，决斗数十回合，吕布越战越勇。曹操见难以抵挡，招募敢死队发动冲锋，以挫敌人锐气，敢死队由司马典韦率领。

吕布军队弓弩齐发，箭如雨下。典韦正眼都不瞧一下，吩咐左右："敌人距十步时告诉我。"

左右说："敌人已经十步了。"

典韦仍不动作说："五步时再告诉我。"

敌人逼近，敢死队员承受极大压力，急喊："敌人来啦！"

典韦手持铁戟，大吼一声跃起，杀入敌阵，挡者应手而倒，这才让吕布的军队稍稍后撤。这时，暮色渐垂，曹操趁机脱离战场。随后曹操擢升典韦为都尉，统领近身侍卫数百名，日夜保护曹操大帐。

曹操又攻濮阳，被吕布击败，曹操在乱军中被吕布手下骑兵逮到，可是那家伙不认识曹操，问："曹操在哪里？"

曹操用手乱指，说："那个骑黄色马逃走的就是。"骑兵追赶上去，曹操乃得逃脱。

双方在兖州境内互有胜负。袁绍派人来劝曹操将家小迁往冀州州治邺城，曹操有些心动。可是程昱力劝："将军自认能居袁绍之下吗？以将军的能力，难道要蹈韩信、彭越的覆辙吗？如今兖州还有三城，战士不下万人，仍大有可为。"曹操这才停止。

原本曹操是因为兖州生变而停止攻打徐州。如今曹操与吕布在兖州相持不下，徐州的陶谦却反而撑不住了，那又是怎么一回事？

【原典再现】

司马典韦将应募者进当之，布弓弩乱发，矢至如雨，韦不视，谓等人曰："虏来十步，乃白①之。"等人曰："十步矣。"又曰："五步乃白。"等人惧，疾言"虏至矣！"韦持戟大呼而起，所抵无不应手倒者，布众退。会日暮，操乃得引去。拜韦都尉，令常将亲兵数百人，绕大帐左右。

——《资治通鉴·汉纪五十三》

① 白：告知。

29．麋竺：陶谦让徐州，从此追随刘备

曹操撤回兖州，陶谦为之松了一口气。可是这口气才一松，却从此再"紧"不上来，因为他病了，而且病得很重。陶谦有两个儿子，可是知子莫若父，他心里明白，两个儿子不可能在这个丛林法则的乱世中守住徐州。与其兵败被灭族，不如找一个英雄人物来守徐州。

在此之前，当曹操第一次攻打徐州时，陶谦向青州刺史田楷（公孙瓒任命）求援，田楷知道刘备在平原集结了数千人武力，就要刘备同去。到了徐州，刘备向陶谦求援，陶谦拨四千人军队给他，合为一万人。刘备乃从公孙瓒集团"跳槽"到了陶谦集团。陶谦"表"（形式上得上表朝廷）刘备为豫州刺史，驻扎小沛（今江苏徐州市沛县），协防徐州。

当陶谦病重，对别驾（州政府的行政官）麋竺说："眼前除了刘备，没有人能保护本州岛平安。"

陶谦病逝，麋竺率领徐州官员及士绅，前往小沛，迎接刘备。

刘备对徐州各界领袖表示不敢当，说："袁术驻在寿春，距离徐州很近，各位可以请他来领导徐州。"

典农校尉陈登说："袁术为人骄傲，作风奢侈，不是治理乱世的领袖人物。我们如今可是献上步骑兵超过十万人，阁下可以此辅佐君主，拯救人民，为什么反而拒绝呢？"

北海国相孔融对刘备说："袁术岂是会为国家操心而忘掉自己身家的人？他根本就是坟墓里的一副枯骨，不值得介意。今天的情形，是徐州百姓选择贤能，是上天赐予的，如果不接受，将来后悔也来不及了。"刘备这才接受。

麋竺祖上世代经商，家中僮仆宾客上万人，资产以亿计。在汉朝重农抑商政策之下，商人子弟不可能入仕。可是在天下分崩的乱世，有钱才能募兵、聚集人才，因此陶谦延揽他为别驾。

麋竺从此追随刘备，并且将妹妹嫁给刘备，陪嫁奴仆两千人，供输金银货币，帮助刘备养军队。在诸葛亮出山之前，麋竺是刘备最重要的幕僚。

【原典再现】

北海相孔融谓备曰："袁公路岂忧国忘家者邪！冢①中枯骨，何足介意！今日之事，百姓与能；天与不取，悔不可追。"备遂领徐州。

——《资治通鉴·汉纪五十三》

①冢：同"塚"，坟墓。

30. 孙策: 父子都受袁术耍弄

刘备领有徐州, 没给袁术拿去, 而袁术仍然只能借着家世显赫撑住场面。之前在南阳, 靠孙坚帮他打仗, 辗转到了寿春, 靠的还是姓孙的。

孙坚战死, 长子孙策才十七岁, 奉迎老爹回故乡安葬后, 定居江都, 广交天下英豪。袁术原本将孙坚的旧部交给孙贲 (孙策的堂兄), 孙策到寿春晋见袁术, 向他输诚, 表达接收老爹旧部的意愿。

袁术对眼前这个英气焕发的少年大感惊奇, 却不肯交给他孙坚的军队, 推辞说:"我教你舅父吴景当丹阳太守, 你堂兄孙贲当丹阳都尉, 丹阳一向以出产精兵闻名, 你可以就地招募军队。"

孙策靠着舅舅, 招募到数百兵众, 却遭当地土豪部曲袭击, 差点没命。于是再去见袁术, 袁术才拨给他一千余人 (孙坚旧部有数千人)。

孙策日益壮大, 袁术答应任命他为九江太守, 可是后来食言, 改派陈纪。

陶谦死了, 刘备领有徐州。袁术想要攻打徐州, 向庐江 (今安徽合肥市庐江县) 太守陆康索取米粮三万斛, 陆康拒绝。

袁术大怒, 命孙策攻击陆康, 再度承诺:"之前错用了陈纪, 始终感到遗憾。这次若能逐走陆康, 庐江太守就真是你的了。"孙策出兵，攻下舒县（庐江郡治），可是袁术再次食言，任命自己的老部下刘勋为太守——孙策再次落空。

袁术在寿春的主要对手是扬州刺史刘繇，双方互有胜负，相持数年。孙策知道，自己在袁术手下，永远出不了头，恐将步老爹孙坚后尘。于是向袁术主动请缨，领军平定江东。

袁术同意，可是只拨给他一千余人军队，马数十匹。孙策接受，而愿意追随他的宾客却有数百人，边走边招募军队，到达历阳时，已经有五、六千军队，自此开展在江东的基业。

【原典再现】

术初许策为九江太守，已而更用丹杨陈纪。后术欲攻徐州，从庐江太守陆康求米三万斛，康不与。术大怒，遣策攻康，谓曰："前错用陈纪，每恨本意不遂，今若得康，庐江真卿有也。"策攻康，拔之，术复用其故吏刘勋为太守，策益失望。

——《资治通鉴·汉纪五十三》

31．吕范：孙策威震江东的原因

　　孙策渡过长江南下，一路辗转作战，但战无不胜。到后来，地方官吏听说"孙郎"兵到，多有弃城逃走者。那一年，孙策二十一岁，年轻英俊，因此江东人士呼他孙郎。

　　至于孙策战无不胜的最重要因素：军纪严明。在那个兵荒马乱的年代，"贼来如梳，兵来如剃"，搜刮一空。可是孙策严格管束军队，一条狗、一只鸡、甚至一棵青菜都不许侵犯，人民欢迎孙郎军队，竞相以牛肉和美酒劳军。

　　依柏杨的说法，这是《资治通鉴》第一次有关军纪严明的记载——自战国时代以来，五、六百年的第一次。加上孙策本人是位魅力型领袖：英姿焕发、言谈幽默、性格豁达，能接受意见，又知人善任。所以包括士人与平民，都愿意为他尽心，甚至效死。

　　孙策最重要的一战，是打败扬州刺史刘繇。刘繇被江东地方武力推为盟主，却不堪孙策第一击，撤退到丹徒（今江苏镇江市内）。而孙策则进入刘繇大本营曲阿（今江苏丹阳市内），接收所有粮秣与装备，刘繇旧部一概不咎既往。不想再当兵的，绝不勉强；愿意当兵的，全家只取一人，却免除全家差役赋税。如此大气作风，在十天之内，集结二万余人军队，威震江东。

　　孙策的部将吕范主动请命："将军的事业开展得一天比一天好，

部众一天比一天壮盛，可是新组成的部队纲纪尚未能整饬，我愿暂时担任军法总监，帮助将军整饬军纪。"

孙策说："你已经是将军级，指挥庞大的战斗队伍，且曾建立大功劳，怎么可以委屈你担任那种低阶职务呢？"

吕范说："不然。我离乡背井投效在将军麾下，可不是为了妻子儿女，而是要救国救民。当前的情势，大军犹如同舟涉海，一个环节失误，全体都会一同遭殃。所以，我来负责军纪，不仅仅是为了将军，也是为自己打算啊！"

孙策说不过他，无话可答。吕范辞出后，脱下高级将领衣服，改穿战斗人员制服，手执皮鞭到军法处就任。孙策于是正式任命，授权他整肃军纪。

孙策在曲阿又得到一位人才：张昭，对他执师友之礼（古制师、友都是老师的称呼），并说："从前管仲担任齐国宰相，齐恒公称他为'仲父'，大小事都由他取决，终于称霸诸侯。如今子布（张昭字）贤能，我也大小事都交给他处理，所有功名不也都归于我吗？"

孙策在江东打开一个局面，远离关东乱战之局，是后来东吴能"天下鼎足居其一"的关键。

在此同时，关中政权也发生了剧烈变化。

【原典再现】

范曰："不然。今舍本土而托将军者，非为妻子也，欲济世务也。譬犹同舟涉海，一事不牢，即俱受其败。此亦范计，非但将军也。"

——《资治通鉴·汉纪五十三》

32．李傕、郭汜：一栖不两雄，引关中内战

　　王允被杀以后的长安朝廷，由凉州军团三将领：李傕、郭汜、樊稠把持，而三将相互矜夸，冲突随时发生。

　　董卓死的那一年，三辅（大长安地区）居民还有数十万户。经过二年的军阀统治，军纪败坏，百姓遭殃，再加上旱灾饥馑，以至"人民相食"！

　　盘踞陇右（甘肃南部）的变民领袖马腾、韩遂在董卓掌权时被收编，马腾与韩遂接到"密诏"（其实是某些官员伪造），要他们出兵诛杀李傕，于是起兵攻打长安。长安政权由樊稠领兵对抗。

　　李傕的侄儿李利作战不卖力，被樊稠训斥说："人们都要砍你叔父的人头，你还仗什么势？难道以为我不敢杀你？"

　　之后，两军交战，韩遂败退，樊稠追击。韩遂派人去对樊稠说："我俩并无私仇，且谊属同乡（都是凉州人），请准许见一次面，从此告辞。"于是两人撤去卫士，匹马上前，肩臂相接，交谈许久，始行辞别。

　　韩遂这一招是离间之计，但樊稠未警觉。而李利当然不会放过如此大好机会，回去就向李傕报告，"两人马头相交，不知道谈话内容，但情意浓密"。于是李傕邀请樊稠出席军事会议，就在会议上，伏兵狙杀樊稠。

　　这下子，郭汜的疑虑大为提高。而郭汜经常去李傕家饮酒，有时还留宿，郭汜的妻子怀疑郭汜有"小三"，于是心生一计。

　　一次，李傕赠送美食给郭汜，郭汜的妻子在里面加入豆豉，还挑出来给郭汜看，说："一个木架上尚且容不下两只公鸡，我真不明白，你怎么那么信任李傕？"

　　又一次，郭汜从李傕家饮宴回来，肚子感觉绞痛，郭妻灌他大量粪汁，让他呕出胃中食物（以为有毒药）。于是郭汜集结军队，攻击李傕，凉州军团开始内战。

　　兵连祸结，人民倒霉。汉献帝派宫廷官员尚书，侍中等从中调解，可是双方都不接受。郭汜阴谋劫持皇帝到他的军营，可是李傕先动手，派出三辆车，将汉献帝"迎"出皇宫，百官们只能徒步追随。

　　皇帝才出宫，军队就进入皇宫劫掠，然后纵火，政府官舍全都化为灰烬。

【原典再现】

　　傕数设酒请郭汜，或留汜止宿。汜妻恐汜爱傕婢妾，思有以间之。会傕送馈，妻以豉为药，摘以示汜曰："一栖不两雄，我固疑将军信李公也。"他日傕复请汜，饮大醉，汜疑其有毒，绞粪汁饮之，于是各治兵相攻矣。

　　　　　　　　　　　　　　　　——《资治通鉴·汉纪五十三》

33．张济、段煨、张杨：流浪天子回洛阳

　　李傕、郭汜在长安相互攻击，一连数月，杀人超过一万，引来另一位凉州军团将领，镇守弘农（今河南灵宝市）的张济率军进入长安，说是来调解李、郭冲突，真正目的则是将皇帝"迎"往弘农。而汉献帝刘协也思念洛阳（其实洛阳城已是一片焦土，只不过，刘协在长安城却度日如年），乃配合张济，派高官调解李、郭。

　　李傕、郭汜双方实力都受损，终于答应，相互交换女儿当人质，并同意皇帝东还。于是张济与郭汜的军队护送天子出长安，御驾才过护城河桥，官兵齐呼"万岁"，以为脱离李傕魔爪了，其实他们的噩梦才刚要开始。

　　首先是郭汜改变主意，企图将天子护送到高陵（郭汜的大本营），军阀与高官争吵数日不决，搞到皇帝刘协绝食，郭汜才妥协。

　　可是郭汜的部将却自作主张，纵火，想要趁乱劫持皇帝西还，刘协只能避往杨奉（原本是变民军领袖，如今是禁军将领）军营，且战且走，才能到达华阴（位处陕西、山西、河南交界）。

　　华阴守将段煨早已准备好皇帝及三公等高官的各种器用与粮食，表达希望皇帝进驻他的军营。可是随行军队的首领一口咬定段煨打算谋反，主张攻击段煨。皇帝刘协坚持不肯下诏出兵，并认定段煨不会谋反，但杨奉等仍然出兵攻击段煨，双方打了十余日，皆无进

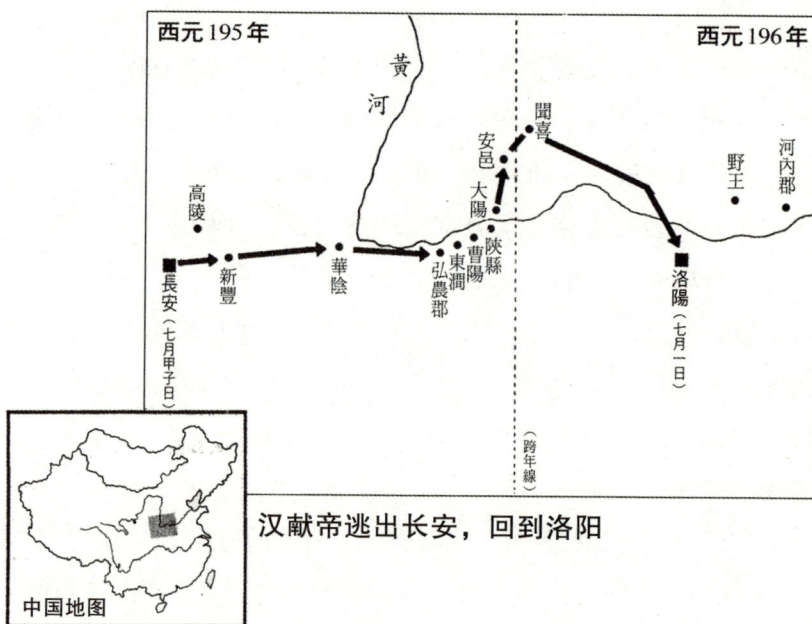

汉献帝逃出长安，回到洛阳

展，而段煨在战斗期间仍供应皇家及百官饮食无缺。

这时，李傕、郭汜才发现自己愚不可及，竟然让皇帝脱离掌握，于是出兵"迎接"皇帝西还，与张济结盟，帮助段煨击溃"杂牌禁军"。包括虎贲羽林等番号，总数不满百人。

李傕、郭汜的军队，包围御驾队伍，鼓噪呼叫，皇帝刘协与三公、尚书等官员，徒步冲出，赖几名勇士一路血战，鲜血溅到伏皇后的衣服。一行突围冲到黄河，堤高十丈，派人用绸缎背起刘协下堤，其他人匍匐爬行下堤。奔到河边，众人争先恐后抢上船，董承、李乐操起戈矛阻止，船中砍断的手指头，多到可以用手捧起来。一条船上只容得下皇帝、皇后及另外数十人，其他上不了船的宫女、官兵，都被追兵掠夺，衣服被剥下，因此冻死者不计其数（当时是农历十二月）。

渡过黄河，才算脱离了凉州军阀的控制。这时，朝廷正式派任的河内太守张杨，派了数千军队前来"进贡"，皇帝刘协乃能乘坐牛车前往安邑（今山西夏县）。安邑是河东郡治，于是河东太守王邑与

【原典再现】

河岸高十馀丈，不得下，乃以绢为辇，使人居前负帝，馀皆匍匐而下，或从上自投，冠帻皆坏。既至河边，士卒争赴舟，董承、李乐以戈击之，手指于舟中可掬①……其不得渡者，皆为兵所掠夺，衣服俱尽，发亦被截②，冻死者不可胜计。

——《资治通鉴·汉纪五十三》

---

① 掬：音"局"。双手捧起。
② 截：斩断，用法如"截肢"。

河内太守张杨都封侯，开府仪同三司（官属与排场比照三公），而各路军马将领都一一封官，刻印都来不及，索性用铁锥来刻画。

最终，刘协在张杨护送之下，抵达洛阳。

宫殿与办公区都已是一片焦土，皇帝住进仅存的南宫，文武官员只能靠着断垣残壁居住，中下级官员还得到野外采摘野菜果腹，情况狼狈。

34. 沮授：献计失败，袁绍放弃大好机会

连地方小军阀都起意"迎天子"了，可是之前的诸侯盟主袁绍却仍"执迷不悟"。

袁绍的智囊沮授向他建议："将军的家族累世担任国家重臣，如今皇帝流离失所，各地州郡虽然打着忠义旗号，实际上都在干相互吞并的事情，没有人真正忧国恤民。我们冀州已经初步稳定，兵强马壮，如果西向迎接天子，迁都邺城，挟天子而令诸侯，讨伐不服从朝廷的家伙，谁能抵挡？"

可是袁绍的另外二个智囊郭图、淳于琼却反对这个意见，说："汉王室已经衰落很久，想要振兴，谈何容易？况且，当今英雄并起，各据一方，拥有万人以上部众者比比皆是，这正是所谓'秦失其鹿，先得者王'。如今如果迎接天子来到自己的地盘，一举一动都要得到批准。听他的，不免削弱自己的权力；不听他的，反而变成抗命；那可不是善策！"

沮授说："现在迎接皇帝，在大义上是得到正当性，在时间上正是契机。如果不早做决断，恐怕被别人占先了。"

袁绍只不过没听沮授的，袁术却认为，自己终于等到机会了。

你没读到的三国

袁绍不是听不进"挟天子以令诸侯"，毕竟他比异母弟袁术一心

想自以当皇帝高明得多，也曾想要拥刘虞为帝，好与长安朝廷相抗。他听不进去的原因之一，是当初董卓要废掉皇帝刘辩（汉灵帝的太子继位），另立刘协时，袁绍曾经拔剑跟董卓对着干（事见第十章）。因此袁绍对汉献帝一直有心结，不愿承认这个皇帝。

袁绍是士家大族，以上所述是士家子弟好面子的通病。可是袁绍始终没采纳沮授的"挟天子以令诸侯"大战略，另外一个重要原因是有郭图、淳于琼这种智囊：老板若当皇帝，自己起码是尚书；迎来天子，则那些没用的官僚就占去了尚书的位子，自己只能当"别驾"。这种幕僚，考虑自己的官禄，比考虑老板前途更多，而袁绍始终没想通这一点。

【原典再现】

沮授说袁绍："今州城粗①定，兵强士附，西迎大驾，即宫邺都。挟天子以令诸侯，蓄士马以讨不庭②，谁能御之！"

郭图、淳于琼曰："汉室陵迟③，为日久矣，今欲兴之，不亦难乎？所谓'秦失其鹿，先得者王'，若迎天子以自近，动辄表闻，从之则权轻，违之则拒命，非计之善者也！"

授曰："今迎朝廷，于义为得，于时为宜，若不早定，必有先之者矣！"

——《资治通鉴·汉纪五十三》

① 粗：大致。
② 不庭：不效忠朝廷。
③ 陵：同"凌"。凌迟：以罪刑名称形容东汉被割据的过程，相当贴切。

35．袁术：想称帝想得走火入魔

袁绍连奉迎天子都不愿意，袁术则是想自己当皇帝，想疯了，因此将谶书上一句"代汉者当涂高也"硬套到自己头上：袁术字公路，术和涂都有"方法"的意思；涂同途，路也是途。

汉朝的主流思想是五行，而袁姓的祖先上溯舜。帝舜的代表色是黄色，汉朝的代表色是红色。而五行"火生土"，正是黄色取代红色。如此一番复杂且牵强的逻辑，其实只说明了：袁术一脑门子想当皇帝，已经无可救药。

当初孙坚第一个打进洛阳城，在宫中井里捞到传国玉玺（汉献帝逃出宫，回来时已找不到）一直留着。袁术一再欺负、支使，甚至欺骗孙坚、孙策父子，虽听说孙坚藏了玉玺，但并未强取。

等到汉献帝刘协逃出长安，流离失所，随时可能丧命。袁术认为他的时机到了，乃强迫孙坚的妻子、孙策的母亲交出传国玉玺。然后召集部属，商议称帝要用什么尊号。全场没有人敢答话，主簿阎象说："阁下虽然累世显要，可是汉室并无从前商纣王那样的暴政（尚未到灭亡的时候）。"袁术闻言不爽，可是却没办法。

幕僚不支持，袁术改找术士帮忙。起先重金延聘当时一位隐士张范，张范不接受，让弟弟张承去。袁术对张承说："我的土地广大，军队众多，想要比拟齐桓公，追随汉高祖，先生认为如何？"

张承说："得天下在于恩德，不在于武力强大。如果一意孤行，会被天下人唾弃。"

终于，袁术找到一个愿意配合他的术士张炯，拿出一卷"符命"：表示应天受命的文书，于是称帝，帝国名为"仲家"。

孙策在袁术称帝前夕，写信给袁术，信上说："以董卓之凶暴，欺上凌下，权力大到没有人能节制，甚至废黜皇帝，另立新君。他都不敢自己坐上龙椅，如此仍然令天下人痛恨他。你怎么会起念效法他，而做出更为严重的事情呢？时下人们迷信图谶，随便一个江湖术士将不相干的文句拼凑起来，只为了拍您马屁，而不考虑成败。自古至今，最慎重的事情（称帝），阁下岂不应该三思而行？"

袁术当然没听他的，但是对于一向被自己玩弄于股掌之上的孙策，居然表态反对他，甚感沮丧。事实上，孙策那时候已经在江东站稳脚步，也看出袁术已经鬼迷心窍，于是自此不再重视袁术了。

【原典再现】

　　孙策闻之，与术书曰："……且董卓贪淫骄陵，志无纪极，至于废主自兴，亦犹未也，而天下同心疾之，况效尤而甚焉者乎……时人多惑图纬之言，妄牵非类①之文，苟以悦主为美，不顾成败之计。古今所慎，可不孰虑！"

　　　　　　　　　　　　　　——《资治通鉴·汉纪五十三》

---

① 非类：不相干。

36. 董昭：与曹操一拍即合

袁绍放弃了"挟天子以令诸侯"的建议，才轮到了曹操。

曹操当时驻军许县（今河南许昌市），与吕布、袁绍等人还在纠缠，可是他眼光准确，认为奉迎天子是当前最佳战略。幕僚虽有不少反对意见，可是主要智囊荀或极力支持，于是派曹洪率军西上。

董承等人不愿让皇帝落入曹操之手，议郎董昭伪造曹操私函，给禁军将领中人脉最简单的杨奉，表达合作之意。杨奉认为曹操可作为他的外援，大喜，与诸将联名推荐曹操为镇东将军，承袭从前曹嵩的费亭侯爵位。

曹操军队于是进入洛阳，并被任命为司隶校尉录尚书事，等于掌握了中央行政与首都治安的大权。

曹操请董昭并肩而坐，向他请教下一步该怎么走。

董昭说："京师当下各路人马组成复杂，不可能听你之命行事，你留在洛阳，有太多难以克服的困难，唯一的方法是请皇帝移驾许县。问题是，皇帝经过那么长的一段流离（时间一年，距离千里），才刚回到旧京，各方都期待安定，徙驾恐怕不符当前人心。然而，要想成就非常事业，必须采取非常行动，请将军考虑什么才是最大利益。"

曹操其实心里想的就是这个，既然董昭英雄所见略同，于是请教实际行动该如何。董昭教曹操，先答谢杨奉之前的盛意，同时以京师缺粮为理由，建议请皇帝暂时移驾鲁阳（今河南鲁山县），方便许县输送粮食。

杨奉是个铁头细脑的角色，收了曹操的厚礼，也同意曹操的建议，于是，汉献帝车驾又出了洛阳。

才走到半途，曹操已"奉诏"擢升为大将军，而许县也开始兴建皇室宗庙与社稷等。杨奉这才发现不对，出兵截击皇帝车驾。这都在曹操算计之内，杨奉遭到伏击，大败，向东南投奔袁术。

【原典再现】

操引董昭并坐，问曰："今孤来此，当施何计？"昭曰："……此下诸将，人殊意异，未必服从，今留匡弼①，事势不便，惟有移驾幸②许耳！然朝廷播越③，新还旧京，远近跂望④，冀一朝获安，今复徙驾，不厌⑤众心。夫行非常之事，乃有非常之功，愿将军算其多者。"

——《资治通鉴·汉纪五十四》

① 匡弼：辅佐重任。
② 幸：皇帝到临称"幸"。
③ 播：迁徙。越：穿越。播越：长途迁徙。
④ 跂：音"其"。跂望：企望。
⑤ 不厌：不合。

37．郭嘉：高级人才弃袁绍投曹操

汉献帝下诏给冀州牧袁绍，责备他拥有广大辖区，却只顾建立私人地盘，没有任何勤王之举。这是曹操"挟天子以令诸侯"，对袁绍射出的第一箭。

当时袁绍任命儿子袁谭为青州（山东）刺史，袁熙为幽州（河北北部）刺史，外甥高干为并州（山西）刺史。这道诏命说中了要害，袁绍急忙上书自责，只敢婉转地自圆其说。

第二箭接着发出：汉献帝下诏任命袁绍为太尉，封邺侯。

太尉是三公之一，袁绍自父亲以上，四世五公，他是第五世、第六公。可是袁绍对此大为光火，因为太尉掌军事，而曹操的官衔是大将军，地位在他之上。如果诏命袁绍为司徒或司空，就没这一层考虑，所以，这又是曹操精心设计的一"箭"。

袁绍上书拒绝接受任命，曹操不想此时跟袁绍摊牌，于是上书请求，把大将军职位让给袁绍。最后折中解决，诏命曹操为司空，代理车骑将军——曹、袁就此平行了，但中央政府的兵权仍在曹操掌控中。

其实，职衔在那时候已无意义，袁绍也不可能到许都（皇帝驾幸后，许县改名许昌，因成为国都，故称许都）就任太尉，而曹操更大的"收获"，则是来了两位超级人才：荀攸与郭嘉。

荀攸是荀彧的侄儿，曹操聘他为军师，等同参谋长。相对之下，郭嘉的意义更大，因为他来自袁绍阵营。

袁绍对郭嘉相当礼遇，可是郭嘉发现，袁绍表面上礼贤下士，却不知道如何用，也就是"知而不能（任）用，用而不能行（只听不做）"，于是改投曹操。

曹操接见郭嘉，跟他谈论天下大势，大喜过望，说："助我完成大业的，就是此人。"

郭嘉辞出后，也大喜过望地说："真是英明领袖啊！"

郭嘉对生活细节不甚检点，好几次被尚书仆射陈群指责，而曹操对陈群与郭嘉都同样尊重。

郭嘉早死，后来曹操在赤壁之战铩羽而归，叹气说："如果郭奉孝（郭嘉字）还在，绝不会让我遭受这场失败！"

【原典再现】

或荐嘉，召见，论天下事。太祖曰："使孤成大业者，必此人也。"嘉出，亦喜曰："真吾主也。"

——《三国志·魏书十四·郭嘉》

38. 孔融：抛弃北海，曹操收容

跟曹操礼贤下士作风相反的，是北海相孔融，也就是懂得"让梨"的那个神童。

孔融十岁时随父亲孔宙到了洛阳。当时司隶校尉李膺是士人领袖，得他一句称赞，立即身价百倍，时称"登龙门"，因而李府每天门庭若市。但若非有名望人士，或至亲好友，门房是不给通报的。

十岁的孔融到了李膺府上，对门房说："我是李府君的亲戚。"于是门房为他通报。

李膺出来见客，问孔融："你是我哪一门的亲戚啊？"

孔融答："从前，我的祖先仲尼（孔子的字）向阁下的祖先伯阳（老子李耳的字）求学问礼，有师生之谊，所以我们是累世通家之好。"

李膺与在场宾客都为之赞叹。过一会儿，来了一位宾客陈炜，有人跟他说，有这么一个聪敏的小孩，有那么一番对话。

陈炜说："小时了了，大未必佳。"

孔融听了，立即接口顶了回去："阁下小时候想必非常'了了'吧？"陈炜登时对眼前这个小孩另眼看待。

孔融在当世确实才高名高，可是处于乱世，却不是一个守得住地盘的角色。他不会带兵打仗，只会礼贤下士，北海国一时有郑玄、左承祖、刘义逊等名士集合，孔融对他们待若上宾。

北海郡处于袁绍、曹操、公孙瓒的势力之间，兵力薄弱、粮食不足，却又没跟任一方结盟。左承祖建议孔融，选定一个强大的势力，作为依靠。孔融非但不听，反而翻脸将左承祖处死，吓得刘义逊逃往他处。

袁绍的儿子袁谭，被老爹任命为青州刺史，但青州另有一位公孙瓒任命的刺史田楷。袁谭击败田楷，将他赶回幽州，然后攻击北海。北海部队连战连败，只剩数百人，情势紧张时，孔融仍能倚案读书，态度从容。但他并不是胸有成竹，甚至称不上是临危不乱，而是自我感觉太过良好。

终于，北海城破，孔融逃入东山，妻子、儿子被袁谭俘虏。最后，还是曹操收容了孔融，征召他到中央做官。

【原典再现】

太中大夫陈炜后至，人以其语语之。炜曰："小时了了，大未必佳。"文举曰："想君小时，必当了了"。炜大踧踖①。

——《世说新语·言语》

① 踧：音"及"。踖：音"促"。踧踖：恭谨小心的样子。

39. 袁涣：写，就活；不写，就死

投奔曹操的还有一位，刘备。

刘备接下陶谦的徐州牧，没过几天好日子，他收容了流离的吕布，却"饲老鼠咬布袋"，被吕布抢走了徐州，自己屈身小沛。

一心想要称帝的袁术，看中徐州是一块肥肉，使出一计：向吕布提亲，让自己的儿子娶吕布的女儿。吕布答应了，袁术于是派出大将纪灵，率步骑三万大军，攻击刘备。刘备向吕布求救，将领们对吕布说："将军一直想要除掉刘备，现在正好借袁术之手。"

吕布说："不然。袁术如果击破刘备，他得了小沛之后，再联合徐州北边的几个小军阀，我们岂不陷入包围圈中？所以，不能不救刘备。"

吕布率领一支千人部队，驻军小沛城西南，派出使节邀请纪灵，纪灵正好也派人来邀吕布，吕布遂前往纪灵大营，同时邀刘备赴宴协商。

酒过三巡，吕布对纪灵说："刘备是我兄弟，他有难，我不能袖手旁观。但我天性不喜欢战斗，只喜欢排解纷争。"于是命人在大营辕门之前，竖插一支戟，说："各位请看我箭射戟头小支（戟有二支枪尖，一大一小）。如果射中，就请你们两方和解；如果不中，任凭你们厮杀。"

吕布弯弓搭箭，一箭射出，正中戟头小支。纪灵与诸将大惊，说："将军真是神准！"隔天再举行盛宴，然后各自班师。

可是，吕布不是要救刘备，而是自己想要夺取小沛。于是在纪灵撤军之后，亲自率军突袭小沛，刘备不敌，只好逃往许昌，投奔曹操。曹操拨给刘备一支武力，并供应粮秣，命刘备前往小沛一带，收拾被击溃的残兵，伺机对抗吕布。

吕布命一位刘备的徐州老干部袁涣，代拟一封信诟骂刘备，袁涣拒绝。吕布再三逼迫，袁涣终不屈服。吕布暴怒，拔出佩剑，架到袁涣的脖子上，说："写，就活；不写，就死。"

袁涣面色不变，笑着回答："只有高品德才能令人感到羞辱，没听说骂人可以羞辱人。刘备如果是个君子，他会不耻你的诟骂，如果他是个小人，他会写信回骂，如此则受辱的是你，而不是他。况且，我过去为刘备服务，犹如今天为将军服务。如果我一旦离开这里，难道也替别人写信，诟骂将军？"吕布惭愧而止。

【原典再现】

布大怒，以兵①胁涣曰："为之则生，不为则死。"涣颜色不变，笑而应之曰："涣闻，唯德可以辱人，不闻以骂！使彼固君子邪，且不耻将军之言；彼诚小人邪，将复将军之意②，则辱在此而不在彼。且涣他日之事刘将军，犹今日之事将军也，如一旦去此，复骂将军，可乎？"

——《资治通鉴·汉纪五十四》

①兵：兵器。
②复：回。意指"回骂"。

40．祢衡击鼓骂曹：
我只看得起两个人，其他都看不上

　　曹操当时因实施屯田政策成功，辖区内所有州郡的仓库全满。其他军阀的地盘，则因为一切支持军事，都没有一年以上的粮食库存。例如：袁绍在河北，士兵缺粮，居然得采食野外桑葚为生；袁术在淮南，士兵到沟渠中拣田螺吃。因此，知识分子都往许昌集中，曹操阵营人才济济。

　　但仍有人看不起曹操，最著名的一位是祢衡。

　　祢衡是个目中无人的角色。洛阳毁于战火时，他避居荆州。许昌繁荣富庶，人才汇聚，他乃前往许昌。可是他贬抑几乎所有士人，只看得起两位："老的孔融，小的杨修，其他都看不上。"孔融前章已述，杨修与袁绍相同"四世三公"，简单说，祢衡看的还是门第。所以，他当然看不起宦官后代的曹操。

　　孔融向曹操推荐祢衡，曹操答应任他官职，可是祢衡却一再拒绝。曹操火了，发表祢衡为鼓吏，并且在大宴百官时，要祢衡当众击鼓助兴。

　　祢衡这次坦然出场，在百官面前，徐徐脱下衣服，甚至脱了内裤（兜裆布），然后从容击鼓，完毕后，穿上衣裤，扬长而去。

　　曹操在众人面前，仍力持镇定，笑着说："本来想羞辱他的，却反而羞辱了自己。"

可是散场之后，曹操对孔融说："祢衡这小子，我杀他就好像杀一只麻雀、一只老鼠一样，可是这家伙有点虚名，若杀他，会让天下人认为我没有容人之量。"

于是将祢衡送回荆州，荆州牧刘表对祢衡待若上宾，可是祢衡老是讽刺、贬抑刘表的左右。于是刘表的左右，模仿祢衡的语气，表演给刘表听："刘将军仁民爱物，即使古时候的周文王也不过如此。可是他缺乏决断力，将来不能成大事业，必定是由于这个缺点。"

事实上，这番话祢衡并没有说过。

问题在于，这个评语正好说中刘表的缺点，刘表为之动怒，可是他也够聪明，不自己杀祢衡，而将他送去江夏（今武汉市武昌区）太守黄祖那里。

黄祖对这位长官交下来的人才，相当礼遇。可是祢衡个性不改，而黄祖个性急躁，终于有一次，祢衡在大庭广众之下出言不逊，黄祖就杀了祢衡。

【原典再现】

操怒，谓融曰："祢衡竖子，孤杀之，犹雀鼠耳！顾此人素有虚名，远近将谓孤不能容之。"

——《资治通鉴·汉纪五十四》

41．张绣：打走了曹操，也不敢留在宛城

刘表性格上的优点是仁民爱物，缺点是优柔寡断。仁民爱物使得他治理荆州成功，优柔寡断则令曹操认为有机可乘。

曹操想要动荆州的脑筋，得先拿下宛城（今河南南阳市内），宛城当时是一个小军阀张绣的地盘。张绣的叔叔是凉州将领之一的张济，凉州诸将相互攻伐，张济带领嫡系部队，向南进入荆州，中流箭阵亡，张绣就接收了叔叔的部队。

曹操大军往荆州而来，张绣决定依附曹操，于是献出宛城。曹操进入宛城受降，又担心自身安全，回到城外大营，却带走了一位美女。问题是，这位美女是张济的妻子、张绣的婶婶，令张绣大为愤怒。

同时，曹操又致送厚礼给张绣的勇将胡车儿，令张绣心中产生狐疑。羞辱感与狐疑心交织之下，张绣向曹操大营发动奇袭，曹操的长子曹昂阵亡，曹操本人中流箭受伤，在少数骑兵保护之下逃走。

曹操入宛城受降之时，身旁紧随的是典韦，拿着一把大斧。曹操走到哪一个人面前，典韦就高举斧头，瞋目怒视，包括张绣在内，宛城诸将都莫敢仰视。

在张绣及诸将眼中，那是狐假虎威，是仗势凌人。因此，在偷袭曹营时，对典韦分外眼红。典韦呢，他对曹操忠心耿耿，因此也

刻意吸引敌人攻击他。

张绣军队将典韦团团围住，典韦手持双戟应战。他这一双长戟在曹军中非常出名，军中流传两句顺口溜"帐下壮士有典君，提一双戟八十斤"。这时候，长戟左右击出，每一出招，都要摧折十余敌人长矛。

终于，典韦的左右死伤殆尽，他自己身上也有数十创伤，长戟也断了，典韦双手挟两名敌人应战，张绣军乃不敢向前。直到伤重流血过多，典韦瞋目大骂而死。这时候，敌人才敢向前，割下他的脑袋，传送各军营示众。

张绣打走了曹操，但不敢留在宛城，于是投靠荆州刘表，驻军穰城（今河南邓县）。

【原典再现】

韦好持大．戟，军中为之语曰："帐下壮士有典君，提一双戟八十斤。"韦以长戟左右击之，一叉入，辄十余矛摧。左右死伤者略尽，韦被数十创……挟两贼击杀之，余贼不敢前……创重发，瞋目大骂而死。贼乃敢前，取其头，传观之。

——《三国志·魏志·典韦列传》

42. 陈登：曹操的眼线，吕布也真好骗

袁术在淮南收容了长安来的残余军阀杨奉、韩暹等人，兵马人数众多，自认为实力天下无敌，于是称帝，国号为"仲家"。同时派使节通知自封徐州牧的吕布，顺便迎娶吕布的女儿。

吕布的谋士陈珪提出警告："曹操迎天子以辅朝廷，将军应该跟曹操合作。若反而跟袁术结盟，恐怕会招来不忠不义的恶名！"这番话勾起了吕布的旧恨：之前吕布逃出关中时，曾先后投奔袁术与袁绍，都受到了排挤。听了陈珪的谏言，派兵追回女儿，并将袁术的使节送去许都，曹操将之斩首示众。

曹操刻意拉拢吕布，一方面由汉献帝下诏，封吕布为左将军，一方面以自己名义致私函给吕布，措辞情意深厚。吕布大喜，派陈珪的儿子陈登为使节，前往许都谢恩。

陈登见了曹操，说："吕布有勇无谋，既没有原则，又没有立场，应该早日对他下手。"

曹操说："吕布狼子野心，可是你且不要急，等待机会。"提高陈珪的俸禄为中二千石（地位仅次于三公），任命陈登为广陵（今江苏扬州市）太守，临别更拉住陈登的手，说："东方的事，就交托给你了。"要陈珪私下集结部众，作为内应。

陈登回徐州复命，吕布问："要求朝廷正式任命我为徐州牧的事

情怎么样了？"陈登无以回答，吕布大怒，拔起他的戟，猛砍桌几，说："你们父子一个加俸、一个升官，却出卖我！"

陈登神色不变，徐徐回答："我见到曹操，对他说：'对待吕将军好比养老虎，必须大量供应肉食，如果吃不饱肉，老虎可是要吃人的。'曹操对我说：'你错了。养吕布就像饲猎鹰，必须让他维持饥饿，才能发挥能力，如果喂他吃得太饱，就会飞得无影无踪。'他就是这么说的。"吕布这才气消。

你没读到的三国

我们受三国演义貂蝉的影响，心目中的吕布是个英俊小生，传统戏剧里也是如此。然而，吕布事实上是个有勇无谋的角色，而且是极端的"有勇"，加上极端的"无谋"。

本章同时看到曹操的乱世奸雄本事：他一方面吃定了吕布，跟陈登套好招，三言两语就搞定了吕布。而吕也真好诓——鹰和虎的

【原典再现】

布怒，拔戟砍几曰："今吾所求无获，而卿父子并显重，但为卿所卖耳！"登不为动容，徐对之曰："登见曹公言：'养将军譬如养虎，当饱其肉，不饱则将噬人。'公曰：'不如卿言。譬如养鹰，饥则为用，饱则扬①去。'其言如此。"布意乃解。

——《资治通鉴·汉纪五十四》

---

①扬：音"洋"，飞翔。

差别到底在哪里？为什么说他"是鹰不是虎"就不生气了！

　　无论如何，曹操用这一招稳住了东面，由吕布帮他对付袁术，更在吕布阵营中布下了内线陈登，然后他要专心对付西面了，他还想要报宛城大败的仇。

43. 贾诩：计谋绝妙，曹操弃宛救许

曹操亲率大军，将张绣围困在穰城。而袁绍的智囊田丰向袁绍建议，这是最佳机会，偷袭许都，将天子迎回甄城，袁绍再一次没有接受这个建议。

可是在前线的曹操却收到了这个情报，立即撤军回许昌——对他而言，保住汉献帝比报张绣之仇，优先性高太多了。

张绣见曹操撤军，立即率军尾追，同时通知荆州牧刘表出兵夹击。

曹军在安众（今河南邓县东北）被荆州兵截住，陷入腹背受敌的危险情势。但曹操其实胸有成竹，他是故意安排在那里"被截击"的。

安众东面有山，山里有一条荒废了的猎户使用的山径，地势险恶。曹操派人开凿那条险道，让张刘联军以为曹军要行险逃走。但事实上是曹操派出伏兵，迂回到张绣军后方，然后以主力反扑，张绣后退时遭遇伏击，于是大败，刘表军队见情势逆转，随即撤回荆州。

之前张绣追击曹操时，智囊贾诩说："不可追击，追击必败。"张绣不听，果然大败而回。

此时贾诩登上城楼，对率军回城的张绣说："现在可以追击了，必胜。"

张绣说："先前不听你的话，落败而回。如今已败回，怎么反叫

我去追击？"

贾诩说："战场上形势变化无常，请立即行动。"

张绣收拾残兵败将，回头再追击，果然得胜。回来问贾诩："我以精兵追击，你说必败；我以败兵追击已胜的敌军，你说必胜。完全都在你意料之中，原因何在？"

贾诩说："曹操包围我们，未败却急着撤退，一定是许都发生变故。曹操善于用兵，必定率精兵亲自断后，所以知道将军必败。既

【原典再现】

绣之追操也，贾诩止之曰："不可追也，追必败。"绣不听，进兵交战，大败而还诩登城谓绣曰："促①更追之？更战必胜。"

绣谢曰："不用公言，以至于此。今已败，奈何复追？"

诩曰："兵势有变，促追之。"

绣素信诩言，遂收散卒更追，合战，果以胜还。乃问诩曰："绣以精兵追退军，而公曰必败；以败卒击胜兵，而公曰必克。悉如公言，何也？"

诩曰："此易知耳，将军虽善用兵，非曹公敌也。曹公军新退，必自断后，故知必败。曹公攻将军，既无失策，力未尽而一朝②引退，必国内有故也。已破将军，必轻军速进，留诸将断后。诸将虽勇，非将军敌，故虽用败兵而战必胜也。"

——《资治通鉴·汉纪五十四》

① 促：赶快。
② 一朝：指变化突然。

然已经获胜，荆州兵也撤回，曹操必定以轻骑快速赶回许都，因此知道必胜。"

你没读到的三国

三国群雄当中，袁绍是重要角色，而张绣只是一个配角。可是从本章故事来看，则袁绍听到好的战略建议却不用，可能是一、无法判断这个战略是好是坏；二、认为是好战略，可是犹豫不决，错过时机；三、不接受部属的见解比他高明。无论是哪一个，袁绍都只称得上"二流"而已！

反倒是张绣，贾诩说他必败时，没发火说贾诩打击士气；败回时没有恼羞成怒；贾诩要他回头追击，仍然相信；回来后还肯虚心请教——张绣其实才称得上是"一流"！

44．陈宫：刘备一句话害死吕布

从穰城急速撤回许昌，曹操马上又得处理东边的状况——吕布联合袁术，将曹操派往东方的豫州牧刘备赶走，曹操决定亲自出马，收拾吕布。

曾经拥护曹操出任兖州刺史，后来又支持张邈背叛曹操的陈宫，现在是吕布的首席智囊。他对吕布说："曹操远来兵疲，我们以逸待劳，应该采取主动，给他个迎头痛击。"

吕布说："不急，等他送上门来，再将他们统统驱赶进泗水中淹死。"

可是曹军一路挺进，广陵太守陈登倒戈，吕布这才出战，战事不利而退守下邳。曹操写信给吕布，分析祸福利害，吕布信心动摇，有意投降。

陈宫再献策："曹军补给线太长，不可能停留太久。如果将军率步骑大军驻屯城外，由我与高顺守城，互为犄角。曹操无法兼顾两面，至多十天半月，军队粮秣不继，到时候，两面夹击，可以破敌。"

吕布同意，准备自己领军出城，狙击曹军粮道，可是吕布的妻子（演义说是貂蝉）对吕布说："陈宫与高顺并不和睦，将军一旦出城，二人若不能同心协力，万一有个差错，将军要往哪里立足？更何况，曹操以前待陈宫情同父子，陈宫还背叛曹操，你待陈宫超不过曹操，岂可把全城交给他？"吕布自己背叛过丁原、董卓，听了这话，顿时改变心意。

吕布派人向袁术求救，袁术说："吕布不送女儿来，活该他兵败，为什么又来求我？"于是下令动员，但只做"声援"，大军不动。吕布用锦缎将女儿全身包裹，缚在马上，乘夜亲自护送出城，却被曹军发觉，以强弓硬弩不停发射，吕布无法突围，只好回城。

曹操引沂水、泗水灌下邳城，城内积水盈尺。吕布登城对曹军喊话："不要再灌水啦，我会向曹公自首！"

陈宫骂说："曹操是逆贼，岂可称他为'公'！今天若投降，好比以卵投石，不可能保全。"

最后，吕布手下一些将领发动兵变，逮捕陈宫、高顺，引曹军入城。吕布登上白门楼负隅顽抗，命令左右砍下他们的人头，献给曹操，左右不忍下手，吕布只好下楼投降。

【原典再现】

（曹操）命缓布缚，刘备曰："不可。明公不见吕布事丁建阳、董太师①乎？"操颔②之。布目备曰："大耳儿，最叵信！"

操谓陈宫曰："公台平生自谓智有余，今竟如何？"宫指布曰："是子不用宫言，以至于此。若其见从，并未必为擒也。"

——《资治通鉴·汉纪五十四》

① 丁原字建阳，董卓官衔为太师。
② 颔：音"汉"。颔首：点头。

　　吕布被俘，仍大言不惭，对曹操说："阁下最头痛的，不过我吕布一人。如今我已降服，如果由我率领骑兵，你率领步兵，天下无敌！"曹操命人替吕布松绑，有收降吕布之意。刘备在一旁赶忙进言："阁下忘了丁原、董卓的事吗？"提醒曹操，曹操点头，吕布瞪着刘备说："你这大耳朵的小人，最不可相信！"

　　曹操再对陈宫说："你一向自以为智谋无穷，今天怎样？"

　　陈宫指着吕布说："这家伙不采用我的计谋，才演变成今天，如果听我的，未必被俘。"

　　陈宫与吕布、高顺一同被绞死。曹操念及旧情，奉养陈宫的母亲终身，并送陈宫的女儿出嫁（如自己的女儿一般）。

45．太史慈、孙策：全凭一股英雄魅力

吕布被曹操消灭的过程中，袁术只敢"声援"，不敢轻举妄动。因为，曹操老早在袁术的后方安排了一颗棋子——孙策。

孙策打下江东地盘，自己封自己为会稽太守，曹操以皇帝诏命，封孙策为讨逆将军、吴侯，这些都是虚衔，可是对一路受袁术欺侮的孙策而言，非常受用。曹操同时将自己的侄女许配给孙策的弟弟孙匡，又为儿子曹彰娶了孙策的侄女。简单说，曹操为了拉拢孙策，公器私情都用到了极致。

反观袁术，动作的幅度小得多。他任命孙策手下两大支柱：周瑜为居巢县令，鲁肃为东城县令，两人都弃官不就，渡江加入孙策阵营。

吕布败亡，袁术晓得他将是曹操下一个目标，于是派人到丹阳，联络当地豪族祖郎，要他煽动当地土著山越，骚扰、牵制孙策。

孙策进军丹阳，生擒祖郎，于是免不了要面对一个他始终避免不了冲突的对手——太史慈。

太史慈少年时就以武勇著名，曾经为北海相孔融游说平原县令刘备，刘备为之出兵援救孔融，击败黄巾。

太史慈往南，投奔扬州刺史刘繇。刚好孙策来攻扬州，有人建议刘繇用太史慈为将，可是刘繇不听，只命太史慈担任侦察任务。

　　太史慈只带一个骑兵出城侦搜，不料与孙策骤然遭遇，孙策随从有十三骑。两人跃马交锋，孙策将太史慈刺落马下，夺得太史慈脖子上挂的手戟；孙策的头盔也被太史慈击落攫取。正在紧急关头，双方援兵同时赶到，各自撤退，内心则英雄相惜。

　　后来孙策击败刘繇，太史慈退到丹阳，自称丹阳太守。孙策既收服祖郎，乃不得不与太史慈对上。

　　这一战，孙策胜，生擒太史慈。孙策命解开绳索，握住太史慈的手，说："还记得神亭那一战吗？当时如果你擒住我，会如何相待？"

　　太史慈说："没有想过！"

　　孙策大笑，说："今天我愿与你一同开创大业，我知道你胸怀大志，是天下大才，只不过所托非人（指刘繇）而已。我是你的知己，不要担心不能发挥长才。"任命他为门下督（大营军法处长），班师回会稽，祖郎、太史慈在全军之前开导，全军洋溢一片光荣感。

你没读到的三国

　　读这一段历史，会以为是在读水浒传，这种真情至性、肝胆相

【原典再现】

　　（孙策）又讨太史慈，禽之，解缚，捉其手，曰："宁识神亭时邪？若卿尔时得我云何？"慈曰："未可量也。"策大笑曰："今日之事，当与卿共之，闻卿有烈义，天下智士也。但所托未得其人耳。孤是卿知己，勿忧不如意也。"

——《资治通鉴·汉纪五十四》

照，莫说史书中，连小说三国演义里都不多。

孙策能够打下江东地盘，且能掳获江东英雄人心，就凭这一股英雄魅力。

46．公孙瓒、袁术亡：一病不起，吐血而死

袁术的后方有孙策牵制，袁绍的后方也有幽州牧公孙瓒。

公孙瓒灭了刘虞之后，不再想要进军中原，将基地迁到易县（濒临易水，古时战略地位重要，在今河北保定市内），环城挖掘十道壕沟，并堆起很多高大土丘（高达五、六丈），在土丘上建立高楼，自己住在居中最高土丘的高楼上。用铁做门，侍从警卫全都隔在门外，七岁以上男子不准进入，所有公文书件都用绳子吊上楼堡。楼内只有妇女与小孩，训练她们放大嗓门，数百步外可以听到，以之传达命令。

从此，智囊、猛将、宾客日渐疏离、叛逃。公孙瓒还合理化他的做法："天下大势不明，不如让官兵休息，努力耕田，拯救灾荒凶年。我有如此城堑，城内积聚三百万斛粮粟。等到吃尽，大概天下大势会比较明朗。"——如此思考与做法，跟董卓的最后阶段几乎一样。幽州不断有人投奔翼州，袁绍认为有机可乘，出兵攻打公孙瓒，攻了好几年，却始终无法取胜。于是写信给公孙瓒，提议放下怨恨，和平共存。

公孙瓒发现，他的想法完全印证，因此完全不理袁绍。反而更加强防御工事，对长史（首席幕僚长）关靖说："如今四方龙争虎斗，没有人能够在我们的城下持续攻城好几年，袁绍又能拿我怎么样？"

袁绍本来是想要找下台阶才写信请和，只要公孙瓒回信同意，就可以有面子地退兵。如今公孙瓒不给面子，袁绍只好大举进攻。

公孙瓒分驻其他城池的将领被围攻，公孙瓒一律不出兵援救，说："为了救一个人而出兵，以后其他将领都会坐等援军，不肯奋战。"结果，一个个城池，投降的投降，溃散的溃散，袁绍大军于是直抵易县城池。

面对这座"百年不破"的城池，袁绍军不以主力正面攻城，挖掘地道，直穿城墙，用木柱支撑，使它不下陷。计算已挖到城内中心（公孙瓒的中央城堡），遂纵火焚烧木柱，地道崩解，城楼塌陷。公孙瓒知必无苟免，将妻子儿女姐妹全部绞死，然后纵火自焚。

另一方面，南方的"仲家"皇帝袁术，却因奢侈荒淫，京城寿春被吃光、花光，落得纵火焚烧宫殿，出奔驻外将领，却被拒绝接纳，这才发觉自己已经众叛亲离。

袁术派人把皇帝尊号让给袁绍，袁绍的儿子袁谭派兵南下迎接袁术，曹操命刘备等截击。袁术无法突破封锁，只好退回寿春，途中投宿江亭（江边一个驿亭），坐在一张光床（没有草席）上，说："我袁术怎么流落至此！"之后一病不起，吐血而死。

你没读到的三国

袁术凭什么将"皇帝"尊号让给袁绍？只因为他手上有汉帝国的传国玉玺。这颗玉玺是用鼎鼎有名的和氏璧刻成，秦始皇用来作为传国印信。刘邦入关中，秦王子婴在咸阳城外投降，献上传国玉玺，乃成为西汉的传国宝。王莽篡汉时，逼王太后交出玉玺，王太后将它砸在地上，崩了一个角，王莽命人用黄金镶补。光武中兴，传国玉玺再入汉家之室。董卓之乱时，汉献帝出奔（见第九章）却不见了玉玺。

　　孙坚攻进洛阳，在宫中井内捞到玉玺，后来又被袁术强索去。如今，这方玉玺被曹军搜得，乃再次回到汉室朝廷。然而，汉献帝有玉玺也不代表什么，仍得曹操同意才能盖印！

【原典再现】

　　袁绍连年攻公孙瓒，不能克，以书谕之，欲相与释憾①连和；瓒不答，而增修守备，谓长史关靖曰："当今四方虎争，无有能坐吾城下相守经年者明矣，袁本初其如我何！"绍于是大兴兵以攻瓒。

　　　　　　　　　　　　　　　——《资治通鉴·汉纪五十四》

　　①释：放开。憾：仇恨。

47．荀彧：袁绍与曹操对决"十败十胜"

袁绍消灭了公孙瓒，北面已无顾虑；曹操的南面袁术、东面吕布也解决了。这两位少时玩伴，如今却是一山容不得二虎，势必决一胜负。

在此之前，袁绍在给曹操的书信中，措辞傲慢，曹操心情大受影响，出入动静都异于往常。左右都以为是因为长子曹昂在宛城阵亡的缘故。唯独荀彧说："曹公不会因为已经过去的事情牵肠挂肚，应该是别有他事。"于是直接问曹操。曹操出示袁绍来信给荀彧看，问："我很想讨伐这家伙，可是自度力量不如他，该怎么办？"

荀彧说："胜败看才能不看众寡。从前项羽虽强大，最后仍败给刘邦。如今与阁下争天下的，只剩袁绍了，而袁绍有十项致败因素，阁下有十项制胜条件，袁绍虽强，却不能赢得最后胜利。"

荀彧分析两人的"十败十胜"因素：

一、袁绍爱摆架子，曹操随和待人，是待人作风胜；

二、袁绍名义上是臣子，曹操可以打着天子旗号，是政治号召胜；

三、袁绍政令松弛，曹操政令严厉，是治理方法胜；

四、袁绍只信任自己子弟，曹操用人不分亲疏，是胸襟气度胜；

五、袁绍多谋少决，曹操见好即刻施行，是谋略决断胜；

六、袁绍沽名钓誉，曹操不尚虚名，是品德言行胜；

七、袁绍只看见眼前大小事，曹操深谋远虑，顾及执行细节，是见识周密胜；

八、袁绍阵营派系争权夺利，曹操阵营诡言不行，是智慧英察胜；

九、袁绍行事是非不明，曹操是是非非，是公正法治胜；

十、袁绍打仗喜欢壮大声势，曹操用兵虚实莫测，是军事才能胜。

曹操对荀彧信任有加，最初荀彧离开袁绍投奔曹操时，曹操大喜，说："你就是我的张良啊！"

另一位荀彧向曹操推荐可以担当重任的钟繇，曹操派他主持关中事务，曾在信中将他比喻为"今之萧何"。

【原典再现】

彧去绍从太祖，太祖大悦曰："吾之子房也。"

太祖与繇书曰："若萧何镇守关中，足食成军，亦适当尔。"

——《三国志·魏志》

48．郭图、审配：袁绍听谗分散兵权

然而，袁绍可不认为自己不如曹操，动员精锐部队，步兵十万，骑兵万余，准备进攻许都。

袁绍手下最重要的幕僚，监护诸将（相当参谋总长）沮授劝谏："我们连年对公孙瓒用兵，人民疲惫，仓库空虚，不宜轻动干戈。应该让人民得到休息，增加农产。"

沮授提出他的重要论点："我们先将消灭公孙瓒的捷报呈献天子，如果曹操不让我们的使节进入许京，就可以弹劾曹操，说他阻断臣子效忠朝廷，这才是名正言顺的出兵。"——沮授点出了袁绍的最大劣势：曹操手上有汉献帝。

这话当然袁绍不爱听，于是另外两位智囊郭图、审配立刻"掺砂子、挖墙脚"，说："在明公（袁绍）的领导之下，统率河朔的强大武力，讨伐曹操，易如反掌，何必那么麻烦？"

沮授说："军队要师出有名。救乱诛暴称为'义兵'，仗恃人多兵强称为'骄兵'。兵无敌，骄兵必败。曹操可以运用天子为号召，我们出兵南向，在政治号召上处于不利地位。而且曹操治军严谨，不是公孙瓒那一流人物。如果发动缺乏政治号召的军事行动，而放弃万全的战略，我深深为主公担忧！"

郭图、审配立即反驳："当年周武王伐纣，周是臣、商是君，不能说是'不义'，更何况我们是讨伐曹操，不是讨伐天子！以明公今天的强盛，不趁此机会一举完成大业，将是'天与不取，反受其咎'。沮授所说，是保守持重之计，却不是把握时机的进取见解。"

　　袁绍采纳郭、审二人的意见，郭图打蛇随棍上，乘机夺权，进谗说沮授内外通吃"权力太大，威震三军"，恐怕将来难以制约。于是袁绍将沮授原本统领的部队，一分为三，由沮授、郭图、淳于琼各领一军。

【原典再现】

　　授曰："夫救乱诛暴，谓之义兵；恃众凭强，谓之骄兵；义者无敌，骄者先灭。

　　曹操奉天子以令天下，今举师南向，于义则违……"

　　图、配曰："武王伐纣，不为不义，况兵加曹操而云无名！且以公今日之强，将士思奋不及时以定大业，所谓'天与不取，反受其咎'。监军之计在于持牢①，而非见时知机之变也。"

　　　　　　　　　　　　　　　——《资治通鉴·汉纪五十五》

────────────────

① 持牢：保持稳定现状。

49．杨阜：坐山观虎斗，"品人"成系统

袁绍大军直扑许都，曹操则调动军队：一路防卫东边的青州，一路沿黄河布防，自己率主力进驻官渡（今河南郑州市东北），然后本人回许都坐镇。

许都内部人心惶惶，孔融对荀彧说："袁绍地大兵强，谋臣有田丰、许攸，武将有颜良、文丑，还有审配、逢纪等心腹，我们可以抵挡得住吗？"

荀彧说："袁绍兵多，但没有纪律；田丰刚直，却总是让长官生气；许攸贪婪，不能克制自己；审配只会夺权，而缺乏谋略；逢纪果决，却自以为是。如此将领与军队，无法团结，内部一定会发生问题。"

袁绍派人去跟张绣示好，张绣看见丰厚的礼物，大为心动。不料，贾诩却在筵席上公然侮辱袁绍的使节，将他骂了回去。

张绣被贾诩的言行吓到了，等回过神来，问："你这么一弄僵，我们应采何等立场？"

这话问的有道理：之前已经跟曹操结仇，现在又得罪袁绍，难道只能依附刘表了吗？可是，刘表又不是材料！

贾诩说："我建议向曹操靠拢。"

　　虽然跟曹操存在宿仇，但张绣一向信任贾诩，因此让他说明白。贾诩说："袁绍声势雄大，不会把我们看在眼里；曹操居于弱势，必然欢迎我们加入。有天下之志的英雄，一定不会计较过去的怨仇。请将军不要犹豫。"

　　于是张绣率军向曹操归降，曹操握住张绣的手，连日欢宴，还跟张绣结为亲家，儿子曹均娶张绣的女儿。

　　盘踞关中的凉州诸将，一个个保持中立，瞪大眼睛注意这一场大对决。凉州牧韦端派杨阜为使节前往许都，杨阜返回后，诸将问他："袁曹之争，谁胜谁败？"

　　杨阜说："袁绍宽大而没有决断，好谋而不知如何选择；无决断便无威信，不做选择便处处受制于人，因此，目前虽然强大，最后却会失败。曹操有英雄的才干和策略，一旦抓住机会，就毫不动摇。法令统一，执行彻底，敢于任用度外之人，而被任用的人，因而尽心尽力。一定能成大事。"

你没读到的三国

　　荀彧是帮助曹操打天下的"张良级"人物，他能分析袁绍与曹操优劣（见第四十七章），能分析袁绍阵营各要角的性格与优劣点，似属当然。

　　可是杨阜只是韦端手下的从事，韦端在三国群英中尚且排不上名，杨阜却能分析袁曹之争，而且头头是道，最后也得印证。

　　这又说明了，东汉末年的"品人"，不仅仅是流行，或士人相互标榜而已，事实上已经发展出一套系统，只要是水平以上的角色，都能依此做出水平以上的分析。同时，三国时期确实藏龙卧虎，只不过英雄也要有机会、有运气。

【原典再现】

　　阜曰："袁公宽而不断，好谋而少决；不断则无威，少决则后事，今虽强，终不能成大业。曹公有雄才远略，决机无疑，法一而兵精，能用度外之人，所任各尽其力，必能济大事者也。"

——《资治通鉴·汉纪五十五》

50. 韩嵩：被摇摆不定的刘表冤枉

袁绍想要跟张绣结盟，被贾诩破坏，关中诸将虽持中立，却因杨阜的分析，而不看好袁绍。袁绍又起一念，拉拢荆州牧刘表，可是刘表口头说"好好好"，却不出兵，但也不帮曹操。

刘表的幕僚，包括首席智囊蒯越，都劝刘表靠向曹操，至少绝对不应该手握十万大军，却坐观天下成败。

刘表狐疑不决，就派韩嵩前往许都，对他说："而今天下沸腾，鹿死谁手，尚未可知。你去许都观察一下形势。"

韩嵩说："上等之人能够通权达变，次一等的只能坚守节操。我韩嵩属于次一等的人，君臣名分一旦确定，就会誓死坚守。今天我在将军麾下，当然唯命是从，赴汤蹈火，虽死不辞。以我个人的观察，曹操必能得志于天下，将军若能上顺天子，下附曹操，那派我出使无妨。如果心存犹豫，一旦我到了京师，天子任命我一个官职（其实是曹操拉拢韩嵩），又不准我推辞（天子命，不可违），我就成了天子之臣，而只是将军的老部下而已。这就是我所谓，君臣名分一旦确立，我就只能效忠天子，不能再为将军效死了。请将军多加考虑，不要让我韩嵩辜负将军！"

刘表以为韩嵩只是不愿意担任使节，才讲出这么一番似是而非的道理，所以坚持要他前往。

韩嵩到了许都，汉献帝任命他为侍中，兼零陵太守——零陵是荆州八郡之一，这一招曹操在陈登身上运用过，效果极佳。

韩嵩回到荆州，对皇帝与曹操大为赞扬，建议刘表将儿子送去许都担任皇帝侍从（做人质）。

刘表大怒，认为韩嵩背叛。集合所有僚属，陈列军队，搬出皇帝符节——州牧都赐"持节"，有生杀大权，刘表要杀皇帝任命的侍中韩嵩，所以要"持节"。

将行刑前，刘表数度质问："韩嵩，你竟敢怀有二心！"在场文武百官无不震恐，纷纷劝韩嵩谢罪认错。

韩嵩神色平常，安详的对刘表说："是将军辜负韩嵩，韩嵩没有辜负将军！"将出发前说的话，重复一遍。

刘表的妻子蔡夫人劝刘表："韩嵩是楚地（荆州大致上在古楚王国范围）有名望之士，况且他只是坦率直言，杀他没有正当理由。"

刘表确实没有正当理由。他自己还要做样子"持节"，哪有理由杀韩嵩？除非他表明独立，不奉汉朝正朔，但他又犹豫不决。

【原典再现】

（刘表）大会僚属，陈兵，持节，将斩之，数曰："韩嵩敢怀贰邪！"众皆恐，欲令嵩谢。嵩不为动容，徐谓表曰："将军负嵩，嵩不负将军！"且陈前言。

——《资治通鉴·汉纪五十五》

51．董承：刘备卷入政变阴谋

外界都看好曹操，可是许都内部却涌起一股暗流，因为曹操大权在握，专制独裁，所以皇帝周围一些位高权不重的大官，企图刺杀曹操。

这群位高权不重的大官以车骑将军董承为首。董承在汉献帝逃出关中的过程中，忠心耿耿地追随在皇帝身旁。最初挑拨李傕、郭汜矛盾的就是他，护驾出关也是他，回洛阳整建宫殿还是他，最后秘密召曹操入京的更是他。

因此，在迁都许昌的初期，董承的官位升到车骑将军，这个官名在武官体制中，地位仅次于大将军。当时的大将军是袁绍，当然管不到朝廷的国防，而车骑将军也只是空衔，实质权力都在曹操掌握中。

董承想要刺杀曹操，可是自己手上没有军队，于是拉拢两位禁军将领吴子兰、王服，宣称自己拿到汉献帝藏在衣带中的密诏，要忠心的臣子勇敢地站出来，诛杀曹操。

董承对吴子兰、王服说："之前在长安，郭汜只以数百兵力击败了李傕数万人，而古时候吕不韦投资子楚而成为相国。现在，只要你我连手，荣华富贵将享用不尽。"

吴、王仍然不敢，问董承："还有谁参与？"董承说："长水校尉种辑、议郎吴硕是我的心腹。"

可是，这些人的力量实在太微薄了，王服是唯一有兵权的人，但胆量太小，因此始终处在"密谋"状态。这时候，却有一个胆子大的人物意外加入——刘备。

曹操有一次在一个非正式场合，对刘备说："当今天下的英雄人物，只有你我两人而已。像袁绍那种角色，根本上不了台面。"

刘备正在吃饭，闻言吓得筷子都跌落地上。运气好，天上正发出一声霹雳，刘备反应很快，说："圣人说：'迅雷和暴风会让人变色'，真是有道理啊！"

刘备感觉到，曹操是在试探他，内心不安，于是加入董承等的"密谋"。

曹操追击袁术时，派刘备攻取徐州一带的战略要地，切断袁术由淮南往青州的路线。军队已经出发，智囊群程昱、郭嘉、董昭都劝谏曹操："不可以放刘备走！"曹操派人追赶，已经来不及。

袁术退回寿春之后，其他将领都班师回许都，只有刘备不回去，更击斩徐州刺史车胄，再度盘踞徐州。

【原典再现】

操从容谓备曰："今天下英雄，唯使君与操耳，本初之徒，不足数也。"备方食，失匕箸，值①天雷震，备因曰："圣人云'迅雷风烈必变'②良有以也。"

——《资治通鉴·汉纪五十五》

①值：刚好。
②语出《论语·乡党》。

　　董承等人的密谋终于泄露，董承、王服与种辑被夷三族。曹操查出刘备也有涉入，派刘岱、王忠讨伐刘备，兵败。刘备对刘岱等说："像你这样的货色，再来一百个，我也不在乎。即使曹操亲自领军来，胜负也难料。"

　　刘备当时已有数万兵力，派人与袁绍结为同盟。

52．田丰：袁绍一误再误

　　曹操决定亲自讨伐刘备，刘备自己屯兵小沛，命关羽驻守下邳，成掎角之势，严阵以待。

　　袁绍的智囊田丰提出紧急建议："曹操攻打刘备，一时不可能分出胜负。如果我们挥军直袭曹操的后路，可以一举得手。"

　　可是袁绍因为小儿子正患重病，不愿此时发兵。

　　田丰用手杖猛击地面，说："天哪，好不容易出现如此千载良机，却因为一个婴儿生病，全盘尽弃。可惜啊，大势已去！"

　　田丰的动作和语言，跟鸿门宴后的范增如出一辙。如此大好机会就此失去，可见老板是妇人之仁，如此性格，大事永远不会成功了。

　　然而，田丰的建议事实上并不正确，因为，刘备居然不堪一击。刘备除了剿黄巾时期，还没打过像样的胜仗。这一回胆敢说大话（详见前一章），是分析曹操正与袁绍对峙，不可能亲自东征。

　　可是曹操分析袁绍"性迟而多疑"，不可能很快到来，因此加速行军往东。斥候回报刘备，说曹操亲自来攻。刘备不信，亲自率领数十名骑兵到高处眺望，发现情报是真的，大为惊恐。结果大败，老婆孩子被俘。曹操再攻陷下邳，生擒关羽。刘备投奔青州刺史袁谭，再转往袁绍的大本营邺城，袁绍听说刘备来归，出城二百里迎接。

这种礼贤下士的身段，袁绍表现得淋漓尽致。可是他之前否决截曹操后路，如今却决定发动大军进攻许昌。

田丰这回却提出谏议，说："曹操已经击破刘备回师，许都不再空虚，不宜轻进。将军应固守四州，派出数支奇兵袭扰河南，曹操救右则击其左，救左则击其右，让他疲于奔命。如此，则三年之内可以坐而克服。这比倾全力出击，决成败于一场战争，稳当多了。"

袁绍仍然不听他的，田丰乃强力谏诤，袁绍火大，下令将田丰戴上械具，关进监牢。

【原典再现】

冀州别驾田丰说袁绍曰："曹操与刘备连兵，未可卒解①。公举军而袭其后，可一往而定②。"绍辞以子疾，未得行。丰举杖击地曰："嗟乎！遭难遇之时，而以婴儿病，失其会。惜哉，事去矣！"

——《资治通鉴·汉纪五十五》

① 卒：音"促"，用法同"仓促"。卒解：立即解决。
② 一往而定：一次解决。

53. 关羽斩颜良：各为其主，不要追

袁绍派大将颜良攻击战略要地白马（在今河南滑县），曹操亲率大军援救。智囊荀攸建议："我们兵力较少，正面对抗难以取胜，必须分散敌人的兵力。你到了延津之后，应做出准备渡河抄敌人后路的姿态，袁绍一定分兵向西阻截。然后以轻骑急袭白马，攻其不备，颜良就在掌握之中了。"

曹操依计而行，袁绍果然分兵向西，曹操乃率军昼夜不停，直扑白马。大军距白马十余里，颜良才发觉，仓促迎战。

曹操命张辽、关羽打前锋。关羽望见颜良的帅旗所在，跃马长驱直入，在万军之中斩杀颜良，带着人头回阵。袁绍大军对这个突然的状况大为惊愕，竟无人出手阻挡关羽。

袁绍的主力大军推进到黄河南岸，曹军在白马山南麓结阵，派人攀高眺望，报告说："敌军前锋约五、六百骑。"

过一会儿，又报告："骑兵增加，步兵不可胜数。"

曹操说："好了，不必再报。"命骑兵下马解鞍。同时，大军辎重车队沿大道往西移动，将领们认为，敌人兵马太多，辎重应该撤回营地。

荀攸说："我们正在诱敌，怎么能退？"曹操闻言，给荀攸一个会心微笑。

　　袁绍的骑兵统帅文丑率领骑兵五、六千人陆续抵达，开始集结。曹军将领一再要求上马，曹操说："还不要。"

　　稍后，袁军骑兵集结完成，文丑亲领一支骑兵，直扑大道上的曹军辎重车队。曹操说："是时候了！"这才下令全军上马，阻截文丑。

　　曹军骑兵才不超过六百人，但因文丑轻敌又贪功，结果反被截击，自己阵亡。颜良、文丑是袁绍手下的名将，却在头二阵先后阵亡，袁军士气为之沮落。

　　在袁、曹双方气势消涨的转折点上，却有一个人弃曹操，投奔袁绍，那个人就是中国的"武圣"关羽。

　　曹操生擒关羽后，非常器重他，可是发觉关羽似乎不愿留在自己阵营，就对张辽说："你们私交很好，你问问他是什么原因？"

　　关羽对张辽说："我知道曹公待我优厚，可是我跟刘将军有共死之誓（也就是小说中所述'但愿同年同月同日死'），我不可能背弃誓言。我迟早一定会离去，可是在离开之前，一定会立功报答曹公。"张辽回报曹操，曹操敬重关羽的义气。

　　关羽击斩颜良之后，曹操上表，请汉献帝封关羽为寿亭侯，自己更经常致赠厚礼。然而在曹操击斩文丑之后，曹军气势旺盛，不再居于下风，关羽认为此时离开，对曹操没有"不好意思"，于是将所有曹操赏赐他的金银器物全部封存，留下拜别书函，投奔身在袁绍阵营的刘备。

　　曹操左右打算追杀关羽，曹操说："他是各为其主，不要追了。"

你没读到的三国

　　曹操为什么放关羽走？是因为关羽的义气，但不是佩服关羽对刘备讲义气，而是曹操相信：当关羽再度成为他的部下，也会对他讲义气。

曹操爱才，可是他杀了三国第一勇将吕布，因为吕布从来不讲义气，曹操也没把握能让吕布对他效忠。

关羽呢？如今让他回去刘备那里，等到打败袁绍之后（曹操此时已有击败袁绍的十足信心），刘备、关羽都会再度成为他的部下，而他需要所有可以为他所用的人才，帮他打天下。

【原典再现】

羽（对张辽）叹曰："吾极知曹公待我厚，然吾受刘将军厚恩，誓以共死，不可背之。吾终不留，吾要当立效以报曹公乃去。"……曹公曰："彼各为其主，勿追也。"

——《三国志·蜀书·关羽传》

54．许攸阵前倒戈：突如其来的叛变

　　袁绍与曹操进入对峙状态，沮授对袁绍说："我们的粮秣多，曹操的粮秣少，所以曹操急于作战，我们应作长期打算，消耗对方。"袁绍不听这个建议，大军继续推进。

　　曹操发动试探性攻击，不能取胜，粮秣即将告罄，深为苦恼。写信给荀彧，表示打算撤军返回许都，引诱袁绍深入。

　　荀彧急忙回信劝阻："从前刘邦跟项羽在荥阳、成皋间对峙，谁都不肯后退，就是因为双方都深知，一旦先后退，形势就会立刻逆转。你的军队虽只有袁绍的十分之一，却正好扼住他的咽喉，使他寸步不能前进，已经历时半年。现在正是出奇制胜的时机，千万不可丧失。"

　　曹操下令再加强营垒工事，对工兵说："再过十五天，我为你们击破袁绍，不再麻烦你们了。"

　　袁绍的智囊许攸建议："曹操倾力远出，许都必定空虚，如果派出奇兵袭取许都，迎奉天子，讨伐曹操，曹操必败。"袁绍拒绝，说："我要正面击败并生擒曹操。"就在这个时候，许攸的家人犯法，审配逮捕许攸家人，许攸大怒，遂投奔曹操。

　　曹操听说许攸来奔，连鞋子都来不及穿，光着脚出来迎接，鼓掌大笑说："子远（许攸字）来到，我的大事成了！"

宾主就座后，许攸问曹操："袁绍兵力强大，你有什么好策略吗？如今还有多少存粮？"

曹操说："还可以撑一年。"

许攸说："不对吧，再说一次。"

曹操说："可以撑半年。"

许攸说："阁下不想击败袁绍了吗？怎么不肯说实话！"

曹操："方才是说笑话。老实说，只剩一个月军粮了，你说，该怎么办？"

许攸告诉曹操一个重要情报：袁绍的粮草、辎重都屯在故市、乌巢（在今河南封丘县西边），由淳于琼领一万军队防守。如果以轻骑突袭，放火烧粮，不出三日，袁绍部队就会崩溃。

【原典再现】

　　既入座，谓操曰："袁氏军盛，何以待之？今有几粮①乎？"操曰："尚可支一岁。"攸曰："无是，更言之！"又曰："可支半岁。"攸曰："足下不欲破袁氏邪？何言之不实也！"操曰："向言戏之耳。其实可一月，为之奈何？"

——《资治通鉴·汉纪五十五》

　　① 几粮：多少粮秣。

55．逢纪：分裂的种子

曹操得到宝贵的情报，立即采取行动，并使用了高级计谋：他亲自率领一支步骑兵五千人的混合部队，打着袁绍部队的旗帜，马口衔枚（衔木枝）并用绳子缚住，避免吐气出声。步兵每人带一束薪柴。就这样一路混到乌巢，即刻展开攻击，乘风纵火。

袁军陷入恐慌，守军将领淳于琼等到天明，才发现曹军兵力不多（一万对五千），率军出营回击，怎奈主动权已握在曹操手上，败退回寨自保。

袁绍在官渡大营得到报告，决定攻击曹操大营，绝其退路。命大将高览、张合执行这项任务。张合说："淳于琼一旦被歼，我们将陷入危急，应该先救淳于琼。"

可是郭图附和袁绍，力主攻击曹操大营。袁绍决定，只派出轻骑兵援救淳于琼，而以主力攻击曹操大营，结果无法攻克。

袁绍救援的骑兵抵达乌巢。曹操的左右报告："敌军已经接近，请分军阻击。"

曹操大怒开骂："等他们到了背后，再告诉我。"

曹操下定决心"顾前不顾后"，曹军陷入腹背受敌的险境，士卒死中求生，拼命向前，杀声震动天地，终于击溃乌巢守军，斩淳于琼，纵火焚烧袁军屯粮。

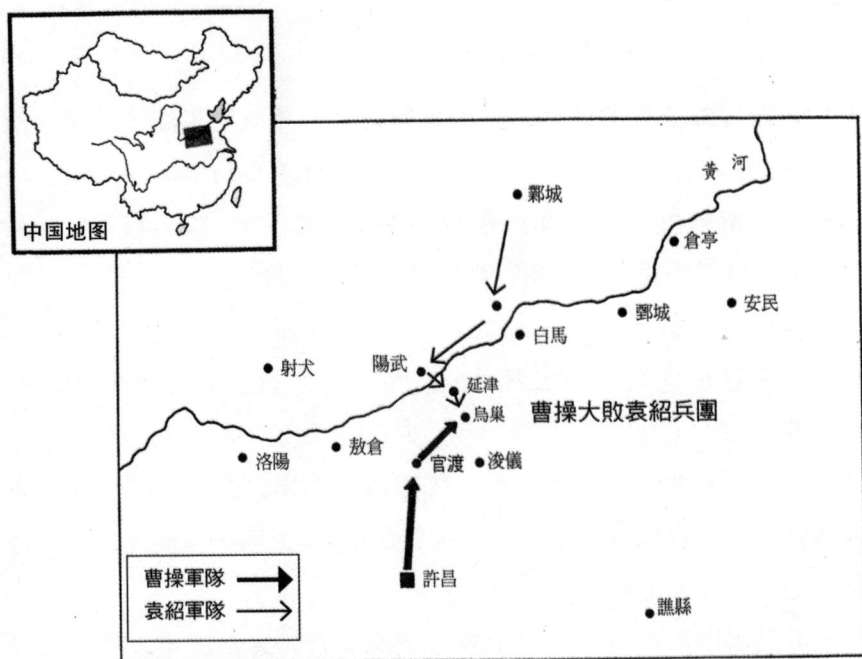

中国地图

鄴城

黃　河

倉亭

鄄城

安民

射犬

陽武

白馬

延津

烏巢

曹操大敗袁紹兵團

洛陽

敖倉

官渡

浚儀

曹操軍隊	➡
袁紹軍隊	→

許昌

譙縣

官渡之战

曹操下令：将俘虏割下鼻子，牛马割下唇舌，将他们驱回袁绍大营——如此残忍画面，令袁军官兵大为震怖。

郭图的谋略失败，反而陷害张合，对袁绍说："张合听说兵败，现出高兴神情！"张合与高览在前线攻曹操大营，听到消息，烧毁攻寨器械，投降曹军。

袁绍大军在一连串不利军情冲击之下，霎时崩溃。官兵四散逃命，袁绍跟儿子袁谭，只带了八百余骑兵，北渡黄河，奔回邺城。

曹操进入袁绍大营，抄到许多朝廷官员与袁绍的来往信件，下令全数焚毁，说："面对强大的袁绍，连我自己都不敢说得以保全，何况别人！"

袁绍败回邺城，士卒个个捶胸流泪说："如果田丰在军中，一定不至于如此！"有人将情况告诉囚禁狱中的田丰，说："你这下要被得到重用了。"田丰说："袁公外表宽厚，内心却相反，如果战事胜利，他一高兴，我可得赦免，如今战败，我危险了。"

袁绍起初也颇为后悔，没有采纳田丰的建议（田丰之前主张拖垮曹操，不求决战）。

这时出现一个小人：逢纪。

逢纪对袁绍说："田丰得到将军败退的消息，鼓掌大笑，为他预言正确而喜。"

袁绍闻言，对幕僚说："我不用田丰的计谋，果然被他耻笑。"下令斩田丰。

逢纪不但害死田丰，还力保审配，以和郭图对抗，种下后来袁绍死后，袁谭与袁尚分裂的种子。

你没读到的三国

这一场官渡大战，是三国三大战役之一，自此曹操独大，一步步收拾北方群雄割据的局面。

　　后世史家对曹胜袁败的见解是，曹、袁分别印证了他们之前的开国君主的成功：曹操烧毁朝廷官员与袁绍交通的书信，正如东汉光武帝刘秀，在击溃王郎之后，焚烧己方将领与王郎交通的书信；而袁绍兵败后杀田丰，却与汉高祖刘邦兵败于匈奴之后，重用娄敬（之前不听谏，并将他下狱），恰恰相反。一正一反，曹操该胜，袁绍当败。

【原典再现】

　　纪曰："丰闻将军之退，拊①手大笑，喜其言之中也。"绍于是谓僚属曰："吾不用田丰言，果为所笑。"遂杀之。

　　　　　　　　　　　　　　　——《资治通鉴·汉纪五十五》

---

①拊：拍。

56．孙权：兄终弟即，南方有大变化

北方官渡大战的同时，南方也发生了大变化。

之前袁术败亡，余部投靠庐江太守刘勋，刘勋无法供应庞大军队的粮秣，向上缭（今江西境内）的各宗部（地方性独立武力）征粮，却不得满足。

会稽太守（郡治在苏州）孙策当时正为报父仇攻击江夏太守黄祖，忌讳刘勋兵力众多，就写信给刘勋说："上缭物资丰富，如果阁下讨伐他们，我愿出兵相助。"于是刘勋大举进攻上缭，却只得到一座空城，什么都没抢到。

孙策始终掌握刘勋动向，这时偕周瑜率二万人，直袭刘勋根据地皖城（今安徽潜山县）。刘勋的妻子、家属、袁术的家属，以及留皖城的三万军队，全部落入孙策手中。

刘勋回师途中，再被孙策伏击，大败，向黄祖求救。黄祖派儿子黄射率五千人赴援，孙策再度大破黄、刘联军，顺势进击黄祖。荆州牧刘表派出五千援军，又被孙策痛击，黄祖只身得脱。孙策俘获战舰六千艘，于是拥有江东六郡，成为一方霸主。

就在这个时候，孙策却遭仇家狙杀。

之前孙策击斩前吴郡太守许贡，许贡的家仆、门客藏匿民间，一直在寻找机会替许贡复仇。孙策喜欢游猎，他的坐骑是一匹良马，奔驰速度极快，卫士往往跟不上。就在一次游猎中，孙策独自与许贡的复仇刺客相遇，被弓箭射中面颊。卫士随后赶到，杀了许贡的门客与家仆，可是孙策却伤重陷入危境。

孙策在病榻上，召唤长史张昭等人，嘱咐说："请各位善待我的弟弟。"

再召唤时年十九岁的弟弟孙权到床前，将印绶佩到他身上，说："集结江东人马，在沙场上杀敌掠阵，跟天下英雄争胜，你不如我。然而，选拔任用贤能，让人才各尽心力，以保卫江东，我不如你。"交代完后事，孙策就去世了，享年才二十六岁。

孙权继承大哥的基业，行政全部授权张昭，军事全部授权周瑜，张昭与周瑜也尽心尽力为孙权服务，一如孙策临终所嘱。

【原典再现】

呼权，佩以印绶，谓曰："举江东之众，决机于两阵之间，与天下争衡，卿不如我；举贤任能，各尽其心以保江东，我不如卿。"

——《资治通鉴·汉纪五十五》

57．鲁肃：鼎有三足，却还看不出"第三足"

孙策未死之前，当曹操与袁绍在官渡对峙时，曾经起念头偷袭许都，奉迎天子。也就是说，孙策的确是一位有野心，也有能力"与天下英雄争胜"的角色。

如今孙权继承哥哥打下来的江东基业，他有自知之明，晓得自己不如大哥，因此，一切的目标就是保守江东。

鲁肃认为孙权无天下大志，乃决定举家迁回临淮老家。

周瑜知道鲁肃有大才，劝他留下，并向孙权推荐，说："鲁肃的才干，压倒当世，你应该多延聘这样的人物，建立功业。"

孙权接见鲁肃，交谈之下，大为兴奋。等到宾客全都告辞，特地留下鲁肃，将坐榻靠在一起，倾心请教："当今汉室垂危，我私心羡慕春秋齐桓公和晋文公的功业，先生如何指教我？"

鲁肃说："个人认为，刘姓皇室不可能复兴，曹操不可能在短时间内去除。为将军设想，只有一条路，就是保住江东的鼎足地盘，坐观天下之变。趁北方仍然兵荒马乱，无暇南顾的时候，消灭黄祖，再进一步攻击刘表，尽可能的取得长江流域控制权。然后可以建国称帝，以图谋天下，这是汉高祖刘邦建立大业的模式。"

孙权说："我现在只想经营好江东，希望能够拥护朝廷（天子），你说得太远了！"

张昭批评鲁肃"嘴上无毛，办事不牢"，年纪轻轻，却放言高论，不知谦虚。但是孙权却更加尊重鲁肃，赠送高档衣服、帏帐（寝室用具）给鲁肃的母亲。

你没读到的三国

史书和演义上，这是第一次出现"鼎足"名词。

在此之前，最成功的大战略是"奉天子以令诸侯"，关中与河东军阀都想过，但执行不成功；袁绍则是听不进；最后成功执行的是曹操。

原本孙策也想效法，可惜天不假年。而这正是孙权口中的齐桓公（尊王攘夷）功业。

鲁肃看得很清楚，曹操击败袁之后，实力已经独大，想从他手中抢走天子，已经不可能。甚至已经没有任何一个割据势力可以独

【原典再现】

　　肃对曰："……肃窃料之，汉室不可复兴，曹操不可卒除。为将军计，唯有鼎足江东，以观天下之衅……北方诚多务也，因其多务，剿除黄祖，进伐刘表，竟①长江所极②，据而有之，然后建号帝王，以图天下，此高帝之业也。"

　　权曰："今尽力一方，冀以辅汉耳，此言非所及也。"

　　　　　　　　　　　　　　——《三国志·吴书·鲁肃传》

　　①竟：尽量。
　　②极：用法同"及"。竟长江所极：囊括长江流域可以到达之地。

力抵抗曹操，必须有一个具有相当实力的盟友，有默契地一同牵制曹操，让曹操必须两面作战，力量分散之后，就能如鼎有三足，形成最稳定状态。

只不过，鲁肃当时还看不出，谁能成为"鼎"的另一足。

58．袁谭：鹬蚌相争，曹操得利

袁绍在官渡兵败之后，既羞惭、又悲愤，卧病在床，呕血不止。半年之后，去世。

袁绍有三个儿子：袁谭、袁熙、袁尚。袁谭的母亲先死，袁绍续弦刘氏生幼子袁尚，一直怂恿袁绍，指定袁尚为继承人，于是袁绍做了一个安排：袁绍本人是生父袁逢的庶子，入嗣伯父袁成继承其香火。袁绍于是指定，袁谭继承袁成这一脉。这一来，依照宗法制度，袁谭名义上成了袁绍的侄儿，就不能继承其爵位，袁尚乃成为继承人，而将袁谭外放为青州刺史。

当时，只有沮授大力反对，说："《慎子》说，一万人追逐一只野兔，等到有一个人捉到了，其他人都会停止行动。为什么？因为所有权已经确定。袁谭事实上是长子，应当立为继承人，却将他排斥到外州，我担心祸患自此开始。"

袁绍不跟他辩，说："我是要考察他们的能力，所以让他们各自主持一州。"但实际上，袁谭当青州刺史，最远；次子袁熙当幽州刺史，外甥高干当并州刺史，都距离冀州比较近；袁尚则留在身边。

沮授敢讲出这番谏言，因为袁绍知道他没有派系。其他袁氏智囊已经各自选了边：辛评、郭图拥护袁谭，逢纪、审配拥护袁尚。

等到袁绍一死，审配就假传遗命，由袁尚继承冀州牧。

　　袁谭由青州回邺城奔丧，已经迟了一步，于是自称车骑将军（袁绍当年起兵讨董卓时就自称车骑将军），不再回青州，驻军黎阳（今河南鹤壁市内），宣称要讨伐曹操报仇，要求袁尚拨出军队给他南征。

　　袁尚当然不愿大哥手握重兵，只拨给一支小部队，还派了逢纪随军监督。袁谭要求更多兵力，审配等商议后，不答应。袁谭大怒，斩逢纪。

　　不久，曹操大军渡黄河北上，攻击袁谭。袁谭向袁尚告急，袁尚命审配留守邺城，自己领军援救袁谭（仍不愿将军队交给大哥）。连番会战之后，袁谭、袁尚联军不敌，退守邺城。

　　曹军将领都主张乘胜围城，只有郭嘉持不同看法："我们攻击太急，兄弟就会合作自保。我们停止攻击，给他们一段时间，一定会相互内斗，不如先向南攻荆州，等待变化。"

　　曹操说："对极了！"

【原典再现】

　　沮授谏曰："世称万人逐兔，一人获之，贪者悉止，分定①故也。谭长子，当为嗣，而斥使居外，祸其始此矣。"

——《资治通鉴·汉纪五十六》

────────────────────

① 分定：名分确定。

59．辛毗：袁谭靠向曹操，有没有利

　　曹操本人返回许都，留一个部将驻守黎阳。邺城的状况一旦放松，袁谭与袁尚立刻开始内斗。

　　袁谭决定用武力夺回老爹遗留下来的爵位（其实袁绍跟朝廷已经翻脸，爵位只是一个空头虚衔，却意味着冀州的领导权），出兵攻击袁尚，在邺城外会战，袁谭兵败。冀州所有郡县各自表态，壁垒分明。

　　袁尚反击袁谭，袁谭大败，退守平原县城，被团团包围。于是派辛毗为使节，向曹操求援。

　　辛毗晋见曹操，转达袁谭求救（意味着向曹操输诚）之意。幕僚多半仍持"放任袁氏兄弟自相残杀"的主张，因此倾向"不理北方，主力对付刘表"。只有荀攸认为，兄弟交恶已经势不两立，如今有一方来降，应赶快把握机会，否则万一很快分出胜负，冀州的力量将再次合而为一，那时候又对付不了了。

　　曹操当时认为有理，可是隔天却又变卦，因为情势不易判断，而游移不定。

　　辛毗见曹操面色有异，心知发生变化，急忙去找郭嘉，郭嘉请曹操拿定主意。

　　曹操召辛毗来，问："可以相信袁谭吗？袁尚可以攻克吗？"

辛毗回答："你不该问是不是有诈，而应该问形势如何才有利。如今，袁谭转而向你求援，说明袁谭的情势已经窘迫到极点，而袁尚却攻不下袁谭，说明袁尚已经力竭；这是老天要灭亡袁氏之时。你现在出兵攻击邺城，袁尚如果不回军相救，邺城必不保；若回军相救，袁谭一定在后面追击。此时出兵，将得到最大利益。要晓得，四方的割据力量，没有比河北（袁氏）更强大的了。河北平定，你的兵力可以加倍，将使天下震动。"

曹操大军北进，袁尚听说曹操已经渡河，立即解除平原的包围，回守邺城。

袁尚的部将吕旷、高翔，叛降曹操。袁谭立刻派人送印信过去给吕、高二将。

曹操得到情报，知道袁谭并非真心归顺，而是借曹军之力，接收冀州军队。可是他不说破，反而安排儿子曹整娶袁谭的女儿，以为拉拢。

【原典再现】

操谓毗曰："谭必可信，尚必可克不？"毗对曰："明公无问信与诈也，直当论其势耳……今往攻邺，尚不还救，即不能自守；还救，即谭蹑其后……今因其请救而抚之，利莫大焉。且四方之寇，莫大于河北，河北平，则六军盛而天下震矣。"

——《资治通鉴·汉纪五十六》

60．李孚：大胆骗过曹操两次

袁尚对袁谭渐渐恢复实力这件事，看得比曹操来袭更重，于是留下审配守邺城，自己领军又去攻击袁谭。

曹操改变战术，在邺城四周挖掘壕沟，全长四十里。起初只挖了浅浅一道，步兵可以涉水而过，审配在城上望见，纵声大笑，因而没有出兵破坏。

但那是曹操故意松懈敌人心防的战术。他暗中安排器械兵力，一夜之间，挖成一条宽二丈、深二丈，骑兵跃不过的河沟。然后引漳河之水注入，邺城于是成为一个孤岛，一粒米都进不去，城中发生饥馑，饿死的人民超过一半。袁尚得报，只得撤军回救邺城。

袁尚派主簿李孚设法穿透包围圈，入城与审配联络。李孚扮作曹军军官，只带着三名骑兵，在黄昏时分到达邺城，自称是"都督"，从北面循着围城军队标志，一路向东巡查，处处呵责围城将士，见有犯规者，按曹军军令处罚。

就这样，经过曹操大营前面，到了邺城正南门。再次对围城军官大发雷霆，将他捆绑，下令兵士打开围城工事。

李孚迅速奔驰到了城下，向城上呼喊，守军垂下绳索，将李孚吊上。审配等看到李孚，悲喜交加，全城欢声雷动，高呼万岁。

围城曹军将此事报告曹操，曹操笑着说："他还得出城，才算完成任务。能进城算他本事，看他怎么出城？"下令严加检查人员出入。

李孚当然知道，不能再用冒充的方法出城。他要审查再集中城中老弱，全部驱逐出城，以节省粮食。曹军严格检查这批难民，不容李孚混在里头，忙得人仰马翻，结果没有查到奸细。

到了晚上，再选数千人，每人手持白旗，从邺城南面三个门，分别出城投降。李孚和三名随从，混在人群之中，乘夜突围而去。

【原典再现】

孚斫①问事杖，系着②马鞭，自着平上帻③，将三骑，投暮诣邺下。自称都督，历④北围，循表⑤而东，步步呵责守围将士，随轻重行其罚。遂历操营前，至南围，当章门，复责怒守围者，收缚之。因开其围，驰到城下，呼城上人，城上人以绳引，孚得入。配等见孚，悲喜，鼓噪称万岁。

守围者以状闻，操笑曰："此非徒得入也，方且复出。"

孚知外围益急，不可复冒，乃请配悉出城中老弱以省谷。夜，简别数千人，皆使持白幡，从三门并出降。孚将三骑作降人服，随辈夜出，突围得去。

　　　　　　　　　　——《资治通鉴·汉纪五十六》

①斫：削。
②系着：系在身上。
③平上帻：当时（魏晋）武官流行的一种方巾。
④历：经过。
⑤表：围城栅栏的标记。

61. 陈琳：曹操不记旧恨，封官旧敌

李孚进出邺城，为袁尚传达内外夹攻的战略指令后，袁尚认为胜券在握，大军直达邺城郊外。

曹军将领多半主张孙子兵法所说"归师勿遏"，因为袁军将士人人怀着回家之心，必将拼死奋战。可是曹操持弹性看法，说："袁尚如果从大道来，我们就避开；如果沿着西山而来，我们就可以一举歼灭他。"——从大道来，无可回避，士卒怀着援救家人之心，将不顾生死；沿着山边而来，显示袁尚有倚险自保之心，不是誓死牺牲的军队。一旦心怀侥幸，战事稍不顺利，就会奔逃败散。

果然，袁尚大军傍着西山南下，结果，城内城外相互观望，不能同时出击，被曹操先后击退。袁尚无心再战，要求投降，被曹操拒绝，兵团登时瓦解，袁尚逃往中山。

邺城内人心疑惧，终于，东门守将开城纳敌。曹军进城，邺城陷落，审配不屈而死。

袁谭乘此时机，背叛曹操，出兵夺取土地，攻击袁尚所在地中山，袁尚逃往幽州，投奔袁熙。曹操调转军队攻击袁谭，就在阵前击斩袁谭。而袁绍的外甥，并州刺史高干则投降曹操。

郭嘉建议曹操，大量延聘青、冀、幽、并四州的知名人士为官员，以收揽人心。曹操采纳，其中一位是陈琳。

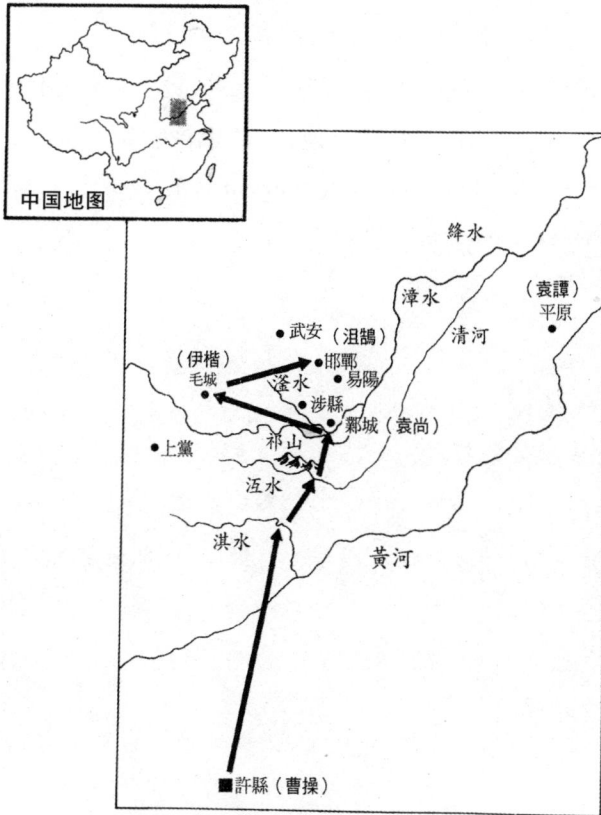

中国地图

绛水

漳水

清河

（袁谭）
平原

武安（沮鹄）

（伊楷）
毛城

邯郸

澄水

易陽

涉縣

祁山

鄴城（袁尚）

上黨

沮水

淇水

黄河

■許縣（曹操）

曹操追击袁尚路线图

陈琳早先在东汉朝廷任官，劝谏大将军何进不要征召董卓入京，不被采纳，避祸冀州，后来成为袁绍的记室（文书官）。

袁绍起兵攻打曹操时，命陈琳草拟讨伐曹操的檄文，陈琳下笔辛辣、文情并茂，先说曹操是"赘阉遗丑"（宦官养子的后代），又抹黑曹操设"发丘中郎将"、"摸金校尉"（暗示盗挖汉朝皇帝陵墓），将曹操塑造为"怀着豺狼野心的污国害民"形象。

檄文传布天下，当然也到了许都。三国演义有非常传神的描述：

邺城破，陈琳归降，曹操对他说："你帮袁绍写檄文，攻击我本人就好了，为何辱及父祖！"陈琳说："矢在弦上，不得不发啊！"曹操仍旧让陈琳担任记室。

【原典再现】

时曹操方患头风，卧病在床。左右将此檄传进，操见之，毛骨悚然，出了一身冷汗，不觉头风顿愈，从床上一跃而起，顾①谓曹洪曰："此檄何人所作？"洪曰："闻是陈琳之笔。"

——《三国演义·第二十二回》

①顾：回头。

62．田畴：选择曹操，眼光堪比诸葛亮

袁尚投奔袁熙，可是幽州将领焦触起兵叛变，联合诸郡太守、县令一同投降曹操。袁熙和袁尚逃往辽西，投奔乌桓单于蹋顿。

曹操决定斩草除根，远征乌桓。联络据守无终（今河北蓟县一带）山区的独立势力领袖田畴，田畴决定加入曹操，嘱咐门下整治行装。

门下宾客问："从前，袁绍仰慕你，曾经五度礼聘，你始终不肯去做官；而今曹操的使者才来第一次，你却一副迫不及待的样子，是什么缘故？"

田畴笑着说："这就不是你们能够了解的了。"

田畴没说，但意思很明白：袁绍不是能成大功、立大业的人，不必加入败方；但曹操是能平定天下的人，所以赶快加入。田畴的眼光可以比拟诸葛亮，他不加入袁绍，犹如诸葛亮不加入刘表。

当时正逢盛夏，大雨不止，大军因泥泞进展缓慢。曹操请教田畴怎么办，田畴说："这一条大道，夏秋两季事实上无法通行。有一条古道，出卢龙塞，穿过柳城，通平冈，已经荒废将近二百年，但仍有残迹可寻。乌桓认定我们必自无终前进，当无法前进时，就自然撤退，所以戒备松弛。我们如果假装沮丧，对外宣称撤军。却从卢龙塞，翻越白檀险阻（大约今长城古北口一带），就可直接进入乌

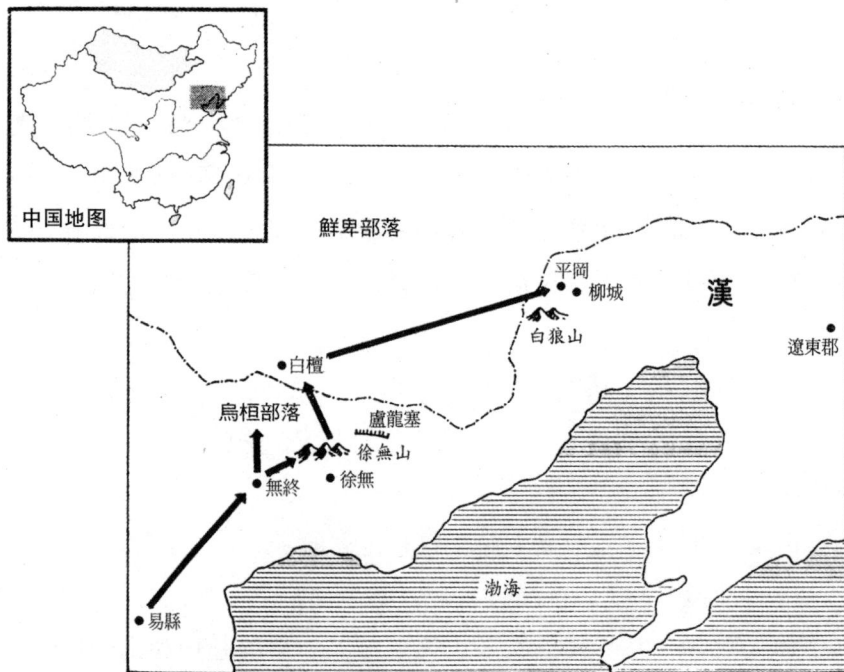

曹操突击乌桓路线图

桓后方的空虚之地。趁敌方毫无防备，可以不费力就生擒蹋顿。"

曹操对这个战略大为欣赏，在大道两旁树立广告牌，告知老百姓："且等秋冬再进军。"乌桓斥候回报，以为曹军就此撤退了。

田畴带领他的部众担任向导，攀登徐无山，逢山开路，遇谷搭桥，穿越五百里山间古道，由白檀到平冈，曹操大军集结，直扑柳城，与乌桓诸部联军展开激战，乌桓军崩溃，蹋顿及多名"王爷"阵亡，俘虏二十余万人。

辽东单于速仆丸带着袁尚、袁熙，投奔辽东太守公孙康（公孙度之子）。曹军将领多半主张乘胜追击，曹操说："不必。我等着公孙康将袁尚、袁熙的人头送来。"果然，公孙康埋伏军队，杀了袁尚、袁熙与速仆丸，将三颗人头一并送给曹操。

【原典再现】

操遣使辟①畴，畴戒其门下趣②治严。门人曰："昔袁公慕君，礼命五至，君义不屈；今曹公使一来，而君若恐弗及者，何也？"畴笑曰："此非君所识也。"

——《资治通鉴·汉纪五十七》

① 辟：征召做官。
② 趣：音义同"促"。趣治严：严厉的催促整装。

63. 徐庶：提议刘备三顾茅庐的人

曹操北伐乌桓时，刘备建议刘表出兵许都袭取天子，刘表没有接受（注：刘备原本在袁绍阵营，袁绍兵败后，刘备投奔荆州，依附刘表）。

等曹操凯旋回到许都，刘表才对刘备说："没听你的话，失去了大好机会。"

刘备说："如今天下四分五裂，每天都有战争，机会多的是，岂会不再？只要能抓住下一个机会，不必遗憾失去上一个！"然而，刘备私下却为髀肉复生（大腿上长了赘肉），心生悲哀，为之流涕。

刘备在荆州，四处寻访人才。荆州有一位名士司马徽，外号"水镜"，素有识人之明（水镜，意指如以水为鉴之明）。刘备去拜访他，请教本地有何等人才。司马徽说："识得时务必须是俊杰之才，这里有伏龙和凤雏！"潜伏的龙和幼小的凤，意指尚未出山的绝世人才。

刘备再问："谁是伏龙、凤雏？"

司马徽说："诸葛亮和庞统。"

刘备很器重一位人才徐庶，可是徐庶事母至孝，而母亲被曹操军队俘虏，因此他迫不得已，去许都见曹操。曹操放了他母亲，将徐庶留在许昌做官。

徐庶临行前向刘备说："诸葛亮是一条卧龙，将军愿不愿意跟他见面？"

刘备之前已听司马徽提及，这下当然愿意，说："请你陪他一起来。"

徐庶说："这个人只能你去拜访他，他不可能来晋见你。将军最好是亲自登门拜访。"

刘备于是亲自拜访，去了三次，才见到诸葛亮。

你没读到的三国

刘备为什么肯三顾茅庐？毕竟他曾经当过豫州牧、徐州牧、当时起码也还是个县令，而诸葛亮只是一个山野农夫。刘备为什么肯"偎身枉顾"，而且顾了三次？

原因就在听说："诸葛亮自比管、乐"。管，就是管仲；乐，就是乐毅。管仲辅佐齐桓公称霸天下，乐毅为燕昭王复国雪耻。

【原典再现】

庶谓备曰："诸葛孔明，卧龙也。将军岂愿见之乎？"备曰："君与俱来。"庶曰："此人可就见①，不可屈致②也，将军宜枉驾③顾之。"备由是诣④亮，凡三往，乃见。

——《资治通鉴·汉纪五十七》

① 就见：主动求见。
② 屈致：委屈对方招致。
③ 枉驾：放低身段。
④ 诣：拜访。

鲍叔牙向齐桓公推荐管仲时，说："国君如果只以齐国为满足，那用我鲍叔牙就可以了。如果想要称霸诸侯，那非管仲不可。"

刘备如果不想称霸天下，也就不必三顾茅庐了。可是刘备想煞了要称霸天下，要雪耻复仇——这个农夫居然"自比管、乐"，肯定有两把刷子，尤其是"水镜"和徐庶都大力推荐他！

64．诸葛亮：旷世战略隆中对，
　真才与骗子有不同

　　刘备终于见到了诸葛亮，诸葛亮提出了"隆中对"：曹操拥有百万大军，并且挟天子以令诸侯，已经无人能将他打败。孙权据有江东，人心归附，贤才尽力，只能当作朋友，不能当作敌人。荆州处在高度战略地位，可是领导人（刘表）不行，正是上天赏赐给将军的资本。益州沃野千里，是天府之国，可是领导人（刘璋）更差，蜀中人士都期待一位英明的领袖。若能拿下荆州、益州，安抚境内蛮族，再跟孙权结盟，则可以完成霸业，刘室可以复兴（刘备是刘姓宗氏）。

　　刘备听了诸葛亮这一番大战略，真是深得我心，对诸葛亮日益亲近，言听计从。

　　两个老弟兄关羽、张飞有些吃味，向刘备表达不满，刘备对他们说："我得到诸葛亮，犹如鱼得到水一般。请你们不要再说了。"

你没读到的三国

　　三国演义的读者都能体会刘备"如鱼得水"的心情，只有很少人想过："水"等待鱼的心情。

诸葛亮人在荆州，荆州是刘表的地盘。而诸葛亮其实是刘表的姻亲：诸葛亮娶黄氏，岳父黄承彦在三国演义中出现二次：一次是刘备二顾茅庐时遇上，一次是引陆逊出八阵图。黄承彦娶蔡氏，是刘表继室蔡夫人的姐姐。简单说：诸葛亮应该跟着老婆叫刘表一声姨丈，而当时在荆州政府中掌权的蔡瑁，则是诸葛嫂的亲舅舅。

有这样的裙带关系，诸葛亮又有大志、有大才，为何不在荆州大展身手一番？

这就是"水"对"鱼"的渴望了——水里如果没有生物，就是一潭死水。事实上，"水不在深，有龙则灵"，在诸葛亮眼中，荆州政府那帮人不过是鱼虾而已，刘备才是"龙"。

易言之，"水镜"司马徽的宣传、徐庶的推荐，都是襄阳地区那一群"政治投资客"精心布局的一环又一环，而刘备则一步又一步的进入那个连环套，直到"如鱼得水"。

但切莫把这个布局看成诈术、圈套。因为，诸葛亮有本事讲出"隆中对"旷世战略，而且他后来确实将之付诸实践了——这是真才与骗子的不同之处。

【原典再现】

关羽、张飞不悦，备解之曰："孤之有孔明，犹鱼之有水也。愿诸君勿复言。"

——《资治通鉴·汉纪五十七》

65．甘宁：孙权击斩黄祖，一跃东吴主将

诸葛亮认为刘表和刘璋都不成气候，跟他相同见解的，还有一位甘宁。

甘宁原本是益州巴郡一个不良少年帮派的头头，他带着哥儿们招摇过市，手上持着弓弩，头上戴着鸟羽，身上佩着铃铛，老百姓听到铃声，就晓得"甘宁来了"！

甘宁二十多岁时，开始读书，见天下大乱，机会大好，想要闯出一番事业。可是他愈看益州牧刘璋愈不顺眼，于是带领了八百多人，投奔刘表，在荆州待了一段时间；他看出来，刘表也不是料，就打算投奔孙策。可是往吴郡的路上，是据守江夏的黄祖，于是甘宁先投奔黄祖。在黄祖手下三年，默默无闻。

孙权攻击黄祖（报孙坚的仇），黄祖败，吴军校尉凌操急追，甘宁负责断后，一箭射死凌操，黄祖才得逃生。可是回到江夏，黄祖待甘宁仍然一样，并未重用。

终于机会来了，黄祖派甘宁出任邾县令，甘宁乘机渡过长江，投奔孙权。周瑜、吕蒙一齐推荐，孙权于是对甘宁特别礼遇。

甘宁向孙权提出建议："荆州掌握长江上流（湖北位居长江中游，但相对于东吴是上流），而刘表缺乏谋略，盼望你早日行动，不可以落到曹操之后。攻取荆州之后，再进一步规划取巴蜀。汉室日

益衰微，曹操迟早会篡位，将军不必顾虑朝廷。"孙权同意。

当时张昭在座，提出反对："吴郡民心还不稳，大军若西行，恐怕后方发生变乱。"

甘宁说："主上将萧何的重任托付给你，你负责留守后方，却担心变乱，怎么向古人看齐呢？"

场面有点尴尬，孙权举杯向甘宁敬酒，说："兴霸（甘宁字），我今年内一定起兵，就如这杯酒，全部交给你了。你只管拟定方略，只要能消灭黄祖，立下大功，何必在乎张长史几句话！"

孙权依甘宁所拟战略攻击黄祖，大胜，黄祖阵亡，甘宁乃成为东吴主将之一。

然而，甘宁之前射死凌操，凌操的儿子凌统也是东吴将领，常常要找机会报父仇。孙权一边阻止凌统，一边将甘宁派驻外地。

【原典再现】

张昭时在坐，难曰："今吴下业业①，若军果行，恐必致乱。"

宁谓昭曰："国家以萧何之任付君，君居守而忧乱，奚以希慕古人乎？"

权举酒属宁曰："兴霸，今年行讨，如此酒矣，决以付卿。卿但当勉建方略，令必克祖，则卿之功，何嫌张长史之言乎。"

——《资治通鉴·汉纪五十七》

① 业业：纷纷。意指孙策死后，人心尚未稳定。

66. 刘琦：夺嫡斗争惨被算计

孙权击斩黄祖，曹操也发动对荆州的军事行动。与此同时，荆州内部发生了大变化。

荆州牧刘表有两个儿子：刘琦、刘琮，刘表的续弦蔡夫人无子，可是她的侄女嫁给了刘琮，因此蔡夫人喜爱刘琮，而排斥刘琦。蔡夫人的弟弟蔡瑁与刘表的外甥张允在荆州政府中掌权，他俩跟蔡夫人同一阵线。

刘琦发现他的处境日益险恶，深为不安。就去拜访诸葛亮，请他指点迷津，可是诸葛亮明白，四处都是蔡瑁的眼线，他绝对不想被卷进夺嫡斗争，因此总是闭口不言。

有一天，刘琦邀请诸葛亮登上高楼，两人上了楼以后，刘琦命人抽去楼梯，对诸葛亮说："现在上不接天，下不着地，话出自你口，入我一人之耳，你可以放心说了吧。"

诸葛亮说："你难道不记得，申生留在国内遭到危害，重耳流亡在外乃得安全吗？"

刘琦顿时开悟，找机会离开襄阳。

诸葛亮说的，是春秋时代的故事：晋献公娶骊姬，生子奚齐，骊姬想要立奚齐为太子，因此千方设计陷害太子申生，终于逼得申生自杀。而公子重耳因为戍守外地，乃得出奔国外，后来回到晋国，当了国君，就是春秋五霸之一的晋文公。

诸葛亮作了贴切的比喻，刘琦乃决定效法重耳。刚好黄祖战死，刘琦赶紧向老爸提出，自愿前往驻守江夏，老爸刘表大喜，立即发表刘琦为江夏太守。

不久，刘表病重，刘琦回襄阳探病，蔡瑁、张允当然不容许在这个关键时刻，再生变化。就告诉刘琦："你的父亲叫你镇守江夏，责任何等重大，你居然擅离职守，贸然来襄阳！给你父亲看见，一定非常生气，万一心情不好，加重了病情，可不是孝顺之道。"将刘琦挡在房门外面，不让他进去，刘琦痛哭流涕告辞。

刘表的病愈来愈重，终于去世。蔡瑁、张允拥护刘琮继任荆州牧，而将刘表的爵位印信，送去江夏。刘琦气得将印信掷向地上，计划起兵攻向襄阳。

可是不等他出兵，刘琮已经投降曹操。

【原典再现】

乃共升高楼，因令去梯。谓亮曰："今日上不至天，下不至地，言出子口，而入吾耳，可以言未？"亮曰："君不见、申生在内而危，重耳居外而安乎？"琦意感悟，阴规出计①。

——《资治通鉴·汉纪五十七》

① 阴：暗中。规：规划。阴规出计：暗中规划如何脱出襄阳。

67. 赵云：长坂坡救阿斗，绝不抛弃刘备

刘琮派人将汉献帝颁发的荆州牧符节，送去给曹操，以示向朝廷归顺。

当时，刘备驻军樊城，与襄阳只隔一道汉水（襄樊是一个双子城），但刘琮却不敢告诉刘备，直到曹操大军已经到达宛城，刘备才发觉。

刘备紧急召集军事会议，有人主张攻击刘琮（襄阳），可是刘备否决，说："若如此，死了有何面目见刘表？"于是率众向南逃命。经过襄阳城时，向城头呼唤刘琮，刘琮不敢露面，但荆州人士有很多出城追随刘备。大队人马经过刘表坟墓时，还去致祭一番。

这支队伍包括军队与士人、平民，到当阳时，人数达到十余万，辎重车数千辆，行动迟缓，每天只能前进十余里。刘备见这样不是办法，命关羽率领水军数百艘，将粮草、辎重顺汉水而下，约定在江陵会合。

有人向刘备建议："行军必须迅速，才能尽快到达江陵，部署防御。现在的情况，有铠甲的战士太少，如果曹操大军追及，如何抵御。"他的意思是，不能带着老百姓与军队一同走。

刘备说："创立大业，人民是根本，他们追随我，我怎么忍心抛弃？"

曹操也知道，江陵储存大量粮秣武器，他不容刘备得到。于是将辎重留下，拣选精锐骑兵五千人，加紧追赶，一日一夜，奔驰三百里！（对比刘备的亡命大军，一天才十余里。）

终于，曹军的骑兵在当阳、长坂坡之间，追上了流亡大军，立即展开攻击。

刘备的十余万军民混杂大队瞬间崩溃，刘备跟诸葛亮、张飞、赵云等，在数十名骑兵护卫下逃走，可是妻子儿女却走失了。

张飞率二十余人断后，据守河岸，拆除桥梁，在马上横矛怒瞪，大吼说："我就是张飞，有种的，上来决一生死。"这股气势压倒了曹军，没有人敢逼近。

仓皇奔逃中，有人向刘备报告："赵云向北逃走。"（向北，意指投降曹操。）

刘备将手戟掷向报告人，说："子龙（赵云字）绝不会抛弃我。"

过一会儿，赵云追了上来，怀中抱着刘备的儿子刘禅——也就是刘阿斗。

赵子龙救回了阿斗，可是江陵却去不了了。刘备与关羽的船队会合，渡过沔水，前往江夏与刘琦会合。

【原典再现】

或谓备："赵云已北走。"备以手戟摘①之曰："子龙不弃我走也。"顷之，云身抱备子禅，与关羽船会。

——《资治通鉴·汉纪五十七》

① 摘：音义同"掷"。

68．孙刘连手抗曹：决心已定，只差办法

东吴这边，对上游的变化，非常敏感。刘表逝世时，鲁肃第一时间向孙权建议："刘表刚死，两个儿子内斗。刘备是个枭雄，寄居荆州，刘表对他始终怀有戒心。如果刘备能跟刘表的继承人同心合力，我们就应该跟他们缔结友好关系，如果他们之间不能合作，则我们应另做打算。无论如何，此刻都应该去荆州吊丧。我志愿担任这个任务，并说服刘备，安抚刘表部众，团结抵抗曹操。如果不赶快前往，恐怕落在曹操之后。"

鲁肃是第一个提出"鼎足天下"战略观的人，他当时并不晓得，南阳出了个诸葛亮，提出了"隆中对"。而他昼夜兼程赶路，却在半路接到刘琮归降曹操的消息。

于是他更改路线，在当阳、长坂坡迎上了败退的刘备。鲁肃提出他的意见，刘备当然表示欢迎，于是进驻樊口，与夏口的刘琦结成掎角之势。

鲁肃必须回去复命，而曹操已经攻取江陵，大军随时顺江而下。诸葛亮向刘备请缨："形势危急，请派我前往向孙权求援。"于是与鲁肃一同东行。

诸葛亮在柴桑晋见孙权，说："将军如果能以吴越之众，与曹操抗衡，就应早一点表明态度；如果不能，何不收起武器、卸下铠甲，

投降曹操？如今的情况，将军表面上服从朝廷，内心却三心二意，紧急时刻却无决断，大祸随时临头。"

孙权吐他的槽："那刘豫州（仍称刘备的豫州牧头衔）为何不投降曹操？"

诸葛亮说："刘豫州是刘姓皇室血胄，具有盖世英才，天下士人对他倾心，如百川归向大海。即使大事不成，只能说是天意，怎么可能屈身曹操之下！"

【原典再现】

亮说权曰："……若能以吴、越之众与中国抗衡，不如早与之绝；若不能，何不按兵束甲①，北面②而事之！今将军外托服从之名，而内怀犹豫之计，事急而不断，祸至无日矣！"

权曰："苟如君言，刘豫州何不遂事之乎！"

亮曰："……刘豫州王室之胄，英才盖世，众士慕仰，若水之归海。若事不成，此乃天也，安能复为之下乎！"

权勃然曰："吾不能举全吴之地，十万之众，受制于人。吾计决矣！……"

亮曰："……曹操之众，远来疲敝，闻追豫州，轻骑一日一夜行三百余里，此所谓'强弩之末势不能穿鲁缟③'者也。"

——《资治通鉴·汉纪五十七》

---

① 按兵束甲：放下武器，收起战甲。
② 北面：面向北方，臣服之意。
③ 缟：鲁地出产的绸缎，工细而质轻。

这一招激将法大为收效，孙权勃然大怒，说："我又怎么可能将整个东吴土地，十万大军，拱手奉送，去受人控制！我决心已定，跟刘豫州一同抗曹。可是，刘豫州新近遭到挫败，怎么挡得住曹操？"

诸葛亮说："刘豫州虽败于长坂坡，可是加上关羽的水军，还有精兵万人，刘琦的江夏部队也不下一万人。曹操大军远来疲惫，他追击刘豫州时，轻骑一日一夜急行军三百余里。这正所谓曰：'强弩之末，势不能穿鲁缟'，犯了兵法大忌，肯定会损失大将。况且北方军队不熟悉水战，荆州虽有水军，但荆州军民对曹操并不心服。将军只要派出猛将，跟刘豫州同心协力，一定可以击破曹军。曹操一旦兵败，必定向北撤退，回到许昌，如此则荆州与东吴的势力茁壮，鼎足之分的形势就奠定了。成败之机，就在今天决定，请勿再犹豫！"

孙权说是决心已定，可是曹操八十万大军已经集结，东吴又有多少兵力可以抗衡呢？又由谁来领军呢？

69．周瑜：东吴的主战将领
不敌曹操“放暗箭”

孙权决心抗曹，可是东吴的臣子却毫无信心。

曹操写了一封信给孙权，说要“亲率八十万大军，跟将军你‘会猎于吴’”。这是什么意思？吴是孙权的地盘，带了大军到人家地盘上打猎，那不是侵门踏户吗？

东吴众臣推张昭发言：“曹操挟天子以征讨四方，我们跟他对抗，在名分上就矮了一截。而我们唯一的屏障是长江，曹操既已取得荆州，长江天险已不可恃，形势强弱，兵力多寡，至为明显，我主张迎接曹操，归顺朝廷。”

鲁肃在现场，不发一语。趁孙权上厕所的机会，鲁肃追到走廊上，对孙权说：“那些家伙只会误将军的事。要晓得，我鲁肃可以降曹，多半还有官可以做（那些人也是），可是将军若迎曹，要到哪里安身？”

鲁肃建议孙权，召回在鄱阳湖练水军的周瑜，共商大事。周瑜回到吴郡，对孙权说：“曹操名义上是汉朝宰相，其实是汉朝的奸贼。将军继承兄长的基业，拥有江东数千里土地，军队精良，粮秣充实，自当横行天下，为汉朝除去污垢（指曹操）。如果曹操亲自前来送死，岂可反而迎接他呢？请拨给我数万精兵，进驻夏口，我负责击破来敌。"

孙权说："我与老贼势不两立。你主张主动出击，正合我意，是上天将你赐给我的！"

孙权抽出佩刀，砍向桌案，说："文武官员哪个再说迎接曹操，有如此案！"

《三国志》作者陈寿借着周瑜的口，说出"曹操名为汉相，实为汉贼"这句名言，这是他的"春秋之笔"，或说他在史书中偷藏的"暗箭"。陈寿原本是蜀汉的官，后来刘阿斗归顺晋朝，陈寿成了晋朝的官。晋是篡魏而来，因此陈寿著《三国志》以魏为正朔，大处必须称曹操为"武帝"，只能在这种角落"放暗箭"。

【原典再现】

　　瑜至，谓权曰："操虽托名汉相，其实汉贼也。将军以神武雄才，兼仗父兄之烈，割据江东，地方数千里，兵精足用，英雄乐业，当横行天下，为汉家除残去秽；况操自送死，而可迎之邪？……瑜请得精兵数万人，进住夏口，保为将军破之！"权曰："……孤与老贼势不两立，君言当击，甚与孤合，此天以君授孤也。"因拔刀斫前奏案曰："诸将吏敢复有言当迎操者，与此案同！"

——《资治通鉴·汉纪五十七》

70．黄盖：赤壁大战第一功， 刘备也有"愧"与"喜"

　　刘备驻军樊口，每天都派人去江边，向东眺望孙权"大军"到来。

　　终于，看见了！斥候飞奔报告，刘备派人前往劳军。周瑜说："军令在身，不能擅离岗位，倘若大驾能委屈前来，竭诚盼望。"

　　刘备于是乘上小艇，上了周瑜的旗舰，问："周郎此来带了多少人马？"

　　周瑜说："三万人。"

　　刘备说："可惜太少。"

　　周瑜说："够了，豫州且看周瑜破敌！"

　　刘备请召唤鲁肃前来会晤，周瑜说："他同样军令在身，不能擅离岗位。若想见他，请去他的座舰！"

　　刘备闻言，深为"愧喜"。

你没读到的三国

　　刘备"愧"的是自己要求召唤鲁肃反而被呛，"喜"的是周瑜治军严整——这是史学家胡三省注解资治通鉴的观点。

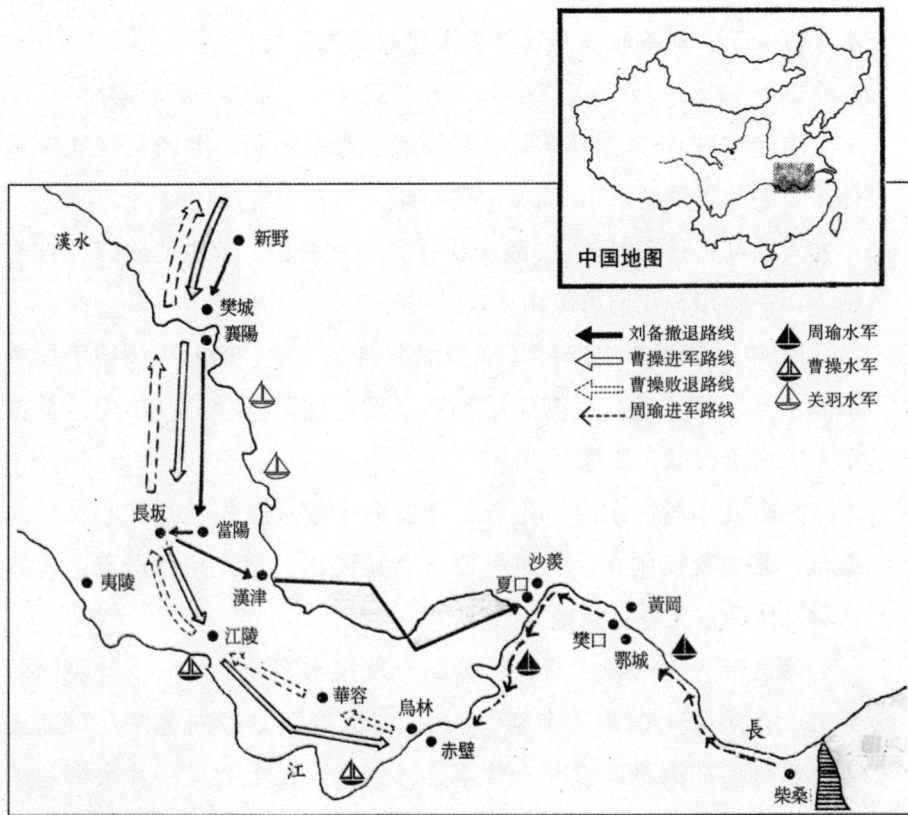

赤壁之战示意图

这一段看到的是，一个完全没把刘备放在眼里的周瑜。同时也是一个没把曹操八十万大军放在眼里的周瑜。

周瑜不是一个狂妄之徒，他应该已经胸有成竹。基本上，他已经决定在长江上跟曹操决战，而"水军三万"兵力不逊荆州水军。

而刘备的"喜"，可能还有更深一层——周瑜只有水军，若周瑜水军打赢了，刘备的陆军可以尽情"割稻尾"矣！

周瑜进驻赤壁，与曹军小有接触，曹军不利，退回长江北岸乌林（今湖北省洪湖市），周瑜军驻南岸，与曹军隔江相对。

周瑜部将黄盖献策："敌众我寡，不宜僵持。曹操船舰以铁链连锁，首尾相接，我们可以用火攻。"

周瑜于是集结"蒙冲"（战舰船型名）十艘，船舱中满载干燥芦草和木柴，浇上油，每艘船尾都系上"走舸"（快艇）。事先，黄盖派人送信给曹操，诈称要投降。

突击发动时，东南风正急。黄盖命十艘战舰先驶往江心，升起篷帆，其他舰艇则在后跟进。曹营官兵涌出营寨，指指点点，欢声雷动，认为东吴将士投诚来归。

黄盖带头，十艘"油舰"驶到距曹操水军约二里时，各舰同时引火。东吴军士换乘"走舸"脱身，"火舰"则冲向曹军。风助火势，船行疾如流星，直冲入曹军连环舰队，江上顿成一片火海，延烧到岸上陆军营寨。顷刻间，火浓烟直冲上天，人马或被烧死，或堕入长江溺死，哭号震天，死伤不计其数。

你没读到的三国

史书与文献都将这一场大战称为"赤壁之战"。然而，赤壁在长江南岸，而战斗发生在北岸的乌林，因此有人主张，这场战役应该正名为"乌林之战"。

周瑜领着轻装舰艇随后赶到，战鼓雷鸣，震动天地。曹操大军霎时崩溃，曹操无法控制局面，率领残军，抄华容狭径向西逃走。沿途泥泞不堪，又突然刮起狂风。曹操命老弱残兵身负野草，在队伍前铺路，骑兵才勉强通过，通过时，为他们开路的老弱残兵，或被践踏，或陷入泥浆，死亡不计其数。

这时候，刘备的陆军加入追击，一直追到南郡（江陵），取得荆州南方四郡（武陵、长沙、桂阳、零陵，都在长江南岸，也就是今湖南省），上表（其实是自封）刘琦为荆州刺史，算是取得了半个荆州为根据地。

曹操本人奔回许都，留曹仁、徐晃守江陵，乐进守襄阳。周瑜渡江，击败曹仁，取得荆州江北三郡，曹仁勉强守住襄阳（南阳郡），荆州八郡此时分属三家。

【原典再现】

　　时东南风急，盖以十舰最着前，中江举帆，余船以次俱进。操军吏士皆出营立观，指言盖降。去北军二里余，同时发火，火烈风猛，船往如箭，烧尽北船，延及岸上营落。顷之，烟炎张天，人马烧溺死者甚众。

——《资治通鉴·汉纪五十七》

71．蒋干：不是丑角，只是衬托周瑜的配角

　　孙权进一步拉拢刘备，把妹妹（小说中名字叫孙尚香）嫁给刘备，两人年纪相差二十多岁（刘备大孙权二十一岁）。这位孙小妹有着两个哥哥的英雄气概，侍婢一百余人，个个手执兵器，在旁侍候。刘备每次进入内宅，都忐忑不安。

　　周瑜并建议，将荆州的江南四郡"借"给刘备（事实上刘备已实质占领）。这个消息传到许都，曹操正在吃饭，闻讯一惊，手中的筷子掉在地上——鼎足之势于是形成，曹操从此必须两面作战！

　　曹操派出密使蒋干，前往游说周瑜。蒋干以辩才闻名当世，"可谓江、淮之间无人能及"。

　　蒋干换上布衣，头戴葛巾，一副平民装束，声明纯以私人情谊拜访老友。周瑜亲自到营门外迎接（跟他对待刘备的公事公办扑克嘴脸大不相同），对蒋干说："好久不见啊！你不远千里而来，莫非是当曹操的说客？"

　　周瑜陪着蒋干参观营区，甚至带他去看仓库、粮秣、武器，然后设下筵席，欢宴宾客。席间向蒋干说："大丈夫生在当世，遇到知己的领袖，外在是君臣，是长官部属关系；内在却情同骨肉，言听计从，有福同享，有难同当。纵使苏秦、张仪（二人是战国时代口才最利的角色）再世，又岂能动摇我的忠心！"

　　蒋干听得只能赔笑，插不上话。回到许都，向曹操报告："周瑜

不可能被离间"！

你没读到的三国

周瑜宴请蒋干时，有一侍女琮儿，在旁边拂琴助兴，曲艺超妙。

蒋干诧异，周瑜治军严谨，军中怎么会有女乐？才知道，这个琮儿是小乔的陪嫁婢女，天生是个哑巴，不可能泄露军情。

蒋干说："听人家说'曲有误，周郎顾'，周郎既有此佳音，想必不再有顾曲之虑了！"

周瑜精通音律，乐队若有弹奏错误，他会为之回头（有责备之意），是所谓"曲有误，周郎顾"的由来。而蒋干所言是双关语：一方面称赞琮儿曲艺精湛，一方面暗指"不会有泄密后顾之忧"。

而蒋干对曹操说，周瑜雅量高致，"雅量"就是指周瑜多才多艺，"高致"才是指他对孙权的忠诚。

无论如何，周瑜都不是三国演义中描绘的，那个气量狭窄的周瑜。而蒋干也不是丑角，只不过，他只是衬托周瑜的配角而已。

【原典再现】

（周瑜）因谓干曰："丈夫处世，遇知己之主，外托君臣之义，内结骨肉之恩，言行计从，祸福共之，假使苏、张更生①，能移其意乎！"干但②笑，终无所言。还白操，称瑜雅量高致，非言辞所能间也。

——《资治通鉴·汉纪五十八》

①更：读音"耕"，再次。更生：重生、再世。
②但：只能。

72. 吕蒙：士别三日，刮目相看

　　周瑜文武全才，可惜天妒英才。他知道自己有病，仍然向孙权提出："曹操遭逢大挫败，短期内不可能对南方采任何行动。我请求与孙瑜（孙权的堂兄）一同西征，夺取益州、吞并张鲁（汉中），然后留孙瑜镇守益州，让他跟凉州的马超结盟，巩固西方。我则回驻荆州（江陵），进军襄阳，向曹操施压，北方大有可为。"

　　孙权批准，可是周瑜却在由建康返回江陵途中病危，上书推荐鲁肃代替他的职位，之后在巴丘逝世。

　　孙权得报，痛哭，说："周瑜有辅佐帝王的才能，却卒然逝世，我将依靠何人？"亲自西上奔丧，迎回周瑜的棺枢。

　　孙权重新部署兵力：鲁肃接替周瑜的职位，兼任汉昌太守，驻军陆口；程普担任江夏太守，并接受鲁肃的建议（之前周瑜已经建议），将荆州江北三郡借给刘备。

　　鲁肃充分贯彻他的战略主张：鼎足三分。因此，让刘备拥有足够的实力，成为"第三足"。

　　鲁肃不像周瑜有旺盛的企图心，可是鲁肃绝不私心揽权。他接替周瑜职位的同时，就安排好了自己的接班人——吕蒙。

　　吕蒙十六岁就跟姐夫从军，累积战功成为将军。孙权曾对吕蒙说："你现在是将领了，不可以不读书。"

吕蒙说："不是我不读书，实在是军中事情太多，没时间读书。"

孙权说："我又不是要你去当博士，只是希望你知道从前发生过什么事情，就够了（显然要他读历史）。如果说没有时间，谁能比我更忙？我仍然常常读书，自己感觉大有裨益。"吕蒙这才开始求学。

鲁肃赴任，经过寻阳，与吕蒙交谈，大为吃惊，说："你现在的见识、才智，已经不是当年的吴下阿蒙了哦！"

吕蒙说："士别三日，就该刮目相待。大哥你太久没见到我了！"

鲁肃于是拜见吕蒙的母亲，与吕蒙结为好友，然后告辞。

【原典再现】

及鲁肃过寻阳，与蒙论议，大惊曰："卿今者才略，非复吴下阿蒙！"

蒙曰："士别三日，即更刮目相待，大兄何见事之晚乎！"

——《资治通鉴·汉纪五十八》

73．韩遂：凉州军阀败散

南方孙刘连手，合作无间，曹操无心也无力南向，于是转向西方。

关中当时的情况很复杂，董卓的西凉军团在李傕、郭汜败亡之后，名义上服从朝廷，实质上各自割据一块地盘，形成一个不稳定的平衡状态。

曹操命令钟繇与夏侯渊讨伐汉中张鲁。汉中是关中南方的一个封闭盆地，夹在秦岭、大巴山之间，进出交通主要靠栈道，也就是所谓"难于上青天"的蜀道。

曹操向汉中用兵，关中诸将一致认为是"声东击西"，目标其实是关中。于是，十部将领联合叛变，共聚集了十万人马，扼守潼关，主力是韩遂与马超。

事情大条了，曹操不得不亲自出征。马超英勇善战，以庞大弓弩部队发动攻击，箭如雨下。曹操上船渡过黄河，水手都被流箭射死，许褚左手持马鞍掩护曹操，右手撑篙，使船进入中流。曹军校尉丁斐将供应大军的牛马（拉车及肉食都需要）统统放出，西凉军队纷纷抢夺牛马，攻势顿缓，曹操才安全渡过黄河。

曹军渡河后，形势改观。马超等屡次挑战，曹军坚闭营垒，完全不应战。西凉诸将态度不稳，有人提议求和。曹操问贾诩对策，贾诩认为"可以假装允许"，曹操问该怎么执行？贾诩说："离间。"曹操说："了解！"（对话用字精简，避免被听到而泄露。）

　　曹操与韩遂相约在两军阵前见面。两人从前是旧识，阵前两马相交，寒暄问候许久，没有一句话谈及军事，只谈两人从前在长安的往事与共同老朋友，说到高兴处，更拊掌大笑。气氛看来非常融洽，西凉军中的胡人、秦人（关中人）渐渐围上前去。曹操笑着对他们说："你们没见过曹操吗？我也是个凡人，并没有四只眼睛两张口，只不过智谋多了一些而已。"

　　交谈结束，各自回阵。马超等人问韩遂："你跟曹操谈些什么？"韩遂说："没谈什么。"马超等人因此起了疑心。

　　过两天，曹操又写信给韩遂，却故意落入马超手中，信中涂改很多地方，似乎是韩遂改写的。这下子，疑心愈发加重。

　　曹操估计，离间作用应该已经发酵，于是约定日期决战。先以轻装部队挑战，厮杀中，突然投入主力部队，凉州各军团相互猜疑，各自奔逃保持实力，联合阵线霎时溃不成军，马超与韩遂逃奔凉州。

【原典再现】

　　（韩遂与曹操）交马语移时①，不及军事，但说京都旧故，拊手欢笑。时秦、胡观者，前后重沓，曹笑谓之曰："尔欲观曹公邪？亦犹人也，非有四目两口，但多智耳。"会见后返防，超等问遂："公何言？"遂曰："无所言也。"超等疑之。

　　　　　　　　　　　　——《资治通鉴·汉纪五十八》

　　① 移时：古时候以日影刻度计时，移时指日影移动相当时间。

74．张松：刘备得蜀的贵人，
曹操却视而不见

之前曹操得到荆州时，益州牧刘璋为之紧张，派出别驾张松去向曹操祝贺示好。

张松个子短小，外貌不起眼，但思路敏捷，超过常人。可是，曹操当时灭了袁氏父子，荆州又兵不血刃地得到，刘备落荒而逃，一连串的胜利冲昏了他的脑袋，没有太搭理其貌不扬的张松。

曹营主簿杨修向曹操建议，将张松留在朝廷任官，被曹操否决。

你没读到的三国

这可能是唯一一次，看到曹操对一个人才视而不见。

已故萨孟武教授认为，曹操具备了开国君主最需的四个条件：求才如渴、惜才如命、挥金如土、杀人如麻——并不是每位开国君主都具有这四个条件。

可是，曹操却因为对张松的轻视，使得益州后来被刘备得去。天下"一统还是三分"，可能就决定在曹操当时的"下巴角度"上面！

不过，当时在赤壁之战前，曹操就一心以为江南已在囊中，无暇顾及西边的益州，也是原因之一。

张松返回益州，对曹操怀恨在心。乃建议刘璋拉拢刘备，刘璋同意，问："派谁去好？"张松推荐法正。

法正跟张松私交很好，而他在益州不甚得意，见刘备时，刘备百般笼络（诸葛亮在隆中对就锁定益州，当然把握这个机会）。于是法正回到益州时，大力鼓吹与刘备结盟。私下法正对张松说："刘备有雄才大略"，两人乃密谋奉迎刘备。

等到曹操派兵攻打张鲁的消息传来。刘璋又紧张了，惶惶不可终日。

张松于是进言："曹操的军队天下无敌，如果张鲁像刘琼一样献出汉中，曹操得了张鲁的军队，攻击蜀地，怎么挡得住？刘备与阁下同为汉室宗胄，他既能打仗，又跟曹操结下深仇（指赤壁大败的耻辱），如果让他去攻打张鲁，张鲁必败。即使曹操大军到来，也不能怎样了。"

刘璋完全同意张松的意见，派法正率四千人，前往迎接刘备。

益州政府里面还是有头脑清楚的人，主簿黄权极力劝谏，刘璋不听，将黄权逐出成都，去当广汉太守。从事王累将自己头下脚上，倒悬在成都城门，如此激烈的劝谏，刘璋一概不听。

【原典再现】

松因说璋曰："曹公兵无敌于天下，若因张鲁之资以取蜀土，谁能御之！刘豫州，使君之宗室，而曹公之深雠也，若使之讨鲁，鲁必破矣。鲁破，则益州强，曹公虽来，无能为也！"

——《资治通鉴·汉纪五十八》

75. 庞统：说服刘备"抛弃信义"

法正到了荆州，向刘备表明效忠之意，说："以将军的才智与能力，应该利用刘璋的昏庸。张松是益州政府中的高官，有他为内应，万无一失。"

刘备迟疑不决，这时，有一个人发言了，这人是跟诸葛亮齐名的庞统（水镜先生司马徽口中的"伏龙与凤雏"）。他说："荆州历经战乱，已经荒凉残破，而东有孙权，北有曹操，发展空间都很小。只有西方的益州，户口百万，土地肥沃，物产富饶。如果能取来作为资本，大业可成。"

刘备说："现在的敌人是曹操。曹操严厉，我宽厚；曹操残暴，我仁慈；曹操诡诈，我忠信。我因为作风跟曹操相反，才得以成功。如果为了小利而抛弃信义，要如何面对天下？"

庞统说："处乱世如果拘泥于单一原则，不可能安定天下。吞食弱小，兼并愚昧，逆取顺守，这些行为一向受古人肯定。等到事情完成之后，可以封刘璋一个富庶的采邑，对大义有何亏欠？况且刘璋昏庸，今天我们不取，终会落入他人之手。"

这番话说服了刘备，于是命诸葛亮跟关羽、张飞、赵云留守荆州，刘备自己和庞统率步兵数万人，进入益州。

刘璋命令沿途地方政府，提供刘备军队所需物资，因此，刘备进入益州之后，如游子回到家乡一般。

巴郡（今重庆市）太守严颜捶胸叹息："这不就是所谓'独坐深山之中，放老虎自卫'吗？"

刘备到了涪县（今四川绵阳市），刘璋亲率步骑兵三万余人，车辆装饰华丽，精光耀目，前往迎接。

张松命法正通知刘备，就在会面时发动袭击。刘备说："这件事不可仓促行事！"庞统说："只有那个时机，可以不费一兵一卒，稳得一州之地。"刘备说："我们进入他人之国，恩信未着，人心未附，不可如此。"

二刘会面，刘璋推举刘备为大司马，领司隶校尉；刘备推举刘璋为镇西大将军兼益州牧（都是朝廷官衔，有了这个仪式，就可以"名正言顺"地讨伐张鲁）。

双方军队的将领、士卒，欢宴百余日。然后刘备北上攻击张鲁，加上刘璋拨给的军队，共有三万余人。

刘璋则放心地回到成都。

【原典再现】

统曰："乱离之时，固非一道所能定也。且兼弱攻昧，逆取顺守，古人所贵。若事定之后，封以大国，何负于信？今日不取，终为人利耳。"

——《资治通鉴·汉纪五十八》

76．严颜：只有断头将军，没有投降将军

刘备军队推进到葭萌关（在今四川广元市），庞统又提建议："现在可以采用上、中、下三策：上策是派出精兵，昼夜不停，加倍速度，直袭成都；中策是托言荆州发生状况，必须回去处理，刘璋派在白水的将领必来相送，借此机会擒住他们，然后进攻成都；下策是撤退到白帝，徐图后进。如果困在这个地方，不可能长久。"（三策都不是要进攻汉中，存心欺骗刘璋。）

刘备同意"中策"，正好曹操大军攻击孙权，孙权向刘备求援。刘备就以此理由向刘璋表示，要撤军回荆州，向刘璋请求增加一万军队及物资。

刘璋原本寄望刘备帮他平定张鲁，如今大失所望，对刘备的需求，只答应拨付四千人和一半军需物资。刘备遂以此为借口，跟刘璋翻脸。

而在刘备表示要回荆州时，人在成都的张松听到消息，以为是真的，急忙写信给刘备，说："大事只欠临门一脚，为何半途而废？"张松的哥哥张肃，知道老弟的阴谋，唯恐一旦事发，牵连到自己，于是向刘璋告密，刘璋斩张松，下令各关隘防备刘备。

刘备于是不再遮掩，大军直指成都，同时调诸葛亮率军增援。诸葛亮带张飞、赵云西上，留关羽守荆州。

荆州军攻陷巴郡，俘虏太守严颜。张飞叱责严颜："大军既到，

你为什么不投降？竟敢抵抗！"

严颜顶回去："是你们违背义理，侵夺我益州。益州只有断头将军，没有投降将军。"

张飞火了，命左右将他拉下去砍头。

严颜面不改色，说："砍头就砍头，你有什么可凶的！"

张飞对严颜的胆气大为佩服，亲自解开他的捆绑，请他上座为贵宾。

你没读到的三国

严颜大义凛然，读者莫不钦佩。可是，张飞为他解缚，又引为上宾之后，为何就跟张飞结为好友，且甘为刘军将领呢？难道是"义"超过了"忠"？——那岂不是三国演义变成水浒传了？

唯一的解释是：刘璋实在太烂了。之前严颜就慨叹"放虎自卫"，这下看清楚了，效忠刘璋实在太愚蠢，如今遇到张飞如此赤心相待，乃决定放弃刘璋。

【原典再现】

飞呵颜曰："大军既至，何以不降，而敢拒战……"颜曰："卿等无状①，侵夺我州。我州但有断头将军，无降将军也！"飞怒，令左右牵去斫头。颜容止不变，曰："斫头便斫头，何为怒邪！"飞壮而释之，引为宾客。

——《资治通鉴·汉纪五十九》

① 无状：违背道义。

77．刘璋：爱民如子，不得不拱手让益州

荆州大军势如破竹，一路进抵成都，与刘备会师，诸葛亮、张飞、赵云都到了。遗憾的是庞统在雒城中流箭身亡（三十六岁），意外的是得到了一员虎将——马超。

马超在关中被曹操击败，与韩遂奔往凉州。曹操班师东返，马超卷土重来，更联络汉中张鲁，取得陇上（陇山之西，今甘肃南部）各郡县，声势浩大。可是，不久之后，杨阜与姜叙反叛，双方决战，最终马超大败，向南投奔张鲁，可是张鲁却不敢信任马超，处处提防。

马超也不敢信任张鲁，逃出汉中，派人送信给刘备，请求归降。刘备暗中交付给他一支军队，马超领着这支军队，抵达成都，在城北扎营，城中以为汉中已经加入刘备，人心为之震动恐怖。

包围成都十日后，刘备命简雍入城游说刘璋。当时成都城中还有精兵三万人，粮秣可支持一年，军民士气高昂，都愿决一死战（刘焉、刘璋父子虽然不是乱世英雄，却爱民如子）。

可是刘璋公开表示："我们父子在益州二十多年，对人民没有特别恩德，如今已有三年战乱，人民死在原野，尸体滋润野草，都只为了我刘璋，我的心怎么能安！"于是大开城门，与简雍同乘一车，出城投降，部属与人民莫不感伤流涕。

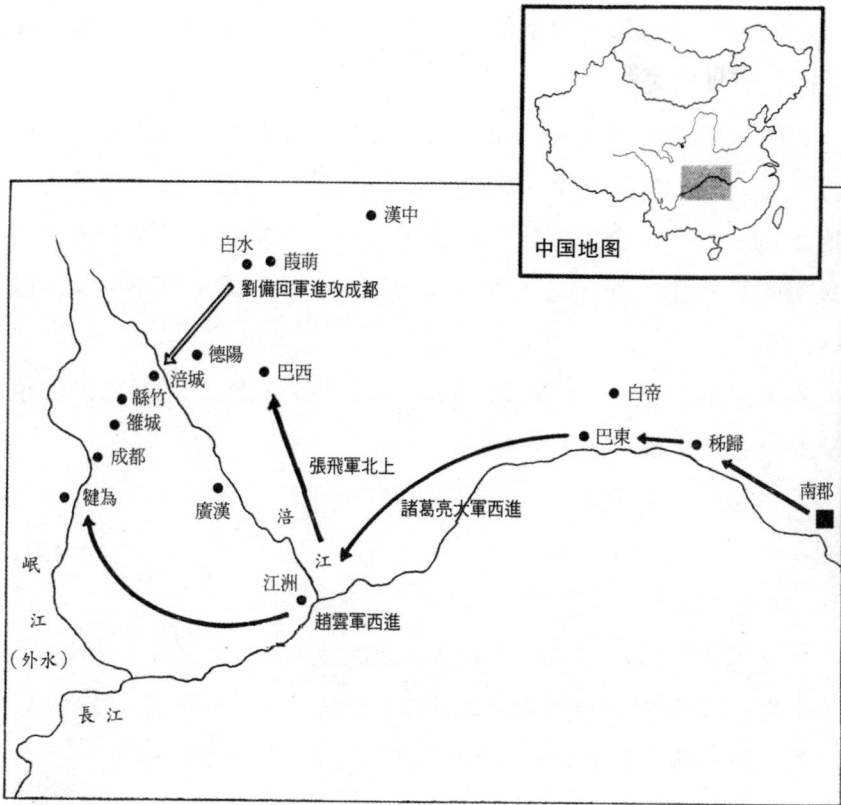

刘备取益州

刘备进入成都，自荐益州牧。当初围城时，他向全军宣布："城破之日，府库所藏，我完全不取。"意思是分给所有军士。因此，荆州官兵进入成都后，将府库搜刮一空，却使得军队的薪饷发不出来，刘备深为忧虑。

西曹掾（统帅府行政官）刘巴建议：制定新钱，一钱当旧钱一百，同时控制物价不得上涨，命官员依官价，用旧钱兑新钱。数月之间，府库充实。

刘巴原本是荆州士人，刘琮献荆州，曹操聘刘巴为文书官，赤壁之战后，刘巴投靠刘璋。刘璋要迎接刘备时，刘巴说："刘备是一代奸雄，来了一定会害你！"刘备进入益州，刘巴又劝谏刘璋，反对拨军队给刘备，说："不可把猛虎放回山林！"刘璋都不听，刘巴乃闭门不出。

刘备进城，下令："有敢伤害刘巴者，夷三族。"然后将刘巴擢升到高位，使得益州士人个个归心。

【原典再现】

璋言："父子在州二十余年，无恩德以加百姓。百姓攻战三年，肌膏①草野者，以璋故也，心何能安！"遂开城，与简雍同舆出降，群下莫不流涕。

——《资治通鉴。汉纪五十九》

①膏：滋润。

78．蒋济：一言不合，淮南人民附孙权

前章提到曹操攻打孙权，因此让刘备放心倾力攻刘璋，只留关羽守荆州。

在此之前，吕蒙有先见之明向孙权建议："在濡须口（源出巢湖，向东南注入长江的河口）两岸建立水寨，万一曹操大军猝然压至，来不及上船，可以进入水寨。"孙权采纳，筑"濡须坞"。

水寨刚建好，曹操大军就来了，步骑兵号称四十万。孙权亲率七万军队抵抗，僵持一个多月。

曹操看到孙权的船舰、军队严整，武器精良，赞叹不已说："生儿子就该像孙权这样，刘表的儿子（指刘琮）跟他比，不过猪狗而已。"

孙权写信给曹操："春天已经到了，江河水位即将高涨，阁下还是早早回去吧！"另外附一张字条："阁下不死，我不得安心。"

曹操见信，对诸将说："孙权至少说的是真话。"下令撤军。

曹操班师，想要将长江沿岸郡县老百姓迁往内地，询问扬州别驾蒋济："我从前与袁绍在官渡作战时，迁移燕、白马等地居民，居民都肯配合；因此不受敌人劫掠。如今我想迁移淮南居民，你认为如何？"

蒋济说："那时候情况不同，我军势弱而敌军强大，不迁移，必

定落入敌人之手。然而，自从击败袁绍以来，阁下声威震撼天下，人民对政府有信心，且人性安土重迁，因此必定不愿离开家园。我担心，强迫他们迁移，会造成不安。"

曹操执意要迁移居民，人民恐慌，争相走告。结果，淮南地区十余万户人家，都渡过长江，投奔江东，巢湖一带为之空虚，合肥以南，只剩皖城还有居民。

蒋济后来出差到邺都公干，曹操接见他，大笑说："原本是为了避免人民落入敌方之手，想不到反而把他们驱赶到敌人那边去了！"擢升蒋济为丹阳太守（再次见识曹操不隐晦自己的过失，并奖励幕僚大胆提出谏言的作风。）

【原典再现】

操见其舟船器仗军伍整肃，叹曰："生子当如孙仲谋，如刘景升儿子，豚犬耳！"

权为笺与操，说："春水方生，公宜速去。"别纸言："足下不死，孤不得安。"操语诸将曰："孙权不欺孤。"乃彻①军还。

——《资治通鉴·汉纪五十八》

① 彻：同"撤"。

79．曹操逼死伏皇后：翻版王莽，篡位有术

东汉迁都邺城之后，曹操得到"魏公"的爵位，仍兼丞相、冀州牧，更有十个郡的采邑，称"魏国"。最重要的，是加九锡——这跟从前王莽篡汉之前的动作，几乎是翻版。

魏国有自己的政府，设尚书、侍中与六卿，任命荀攸为尚书令，事实上决策都出自魏公这个小朝廷。

汉献帝刘协其实是个聪明人，他晓得四周都是曹操的耳目，曹操随时可以发动"禅让"。于是他以退为进，有一次曹操上殿参见，献帝就对曹操说："阁下如果愿意辅佐我，那感激不尽；如果不愿意，求你开恩，留我一条生路。"曹操闻言，脸色大变，不停下拜，请求退出。出殿之后，回顾左右，汗流浃背，从此就不再朝见。

曹操将自己的三个女儿都送给汉献帝为"贵人"（后宫一级），同时诛杀当时正怀孕的董贵人，这又是王莽的翻版。

伏皇后感觉到，下一个就轮到她了，大为恐惧，写信给父亲伏完，要他发动除曹。可是伏完胆小，想都不敢想，却又没有将信件销毁。终于，信件外泄，曹操乃有了口实。

曹操命御史大夫郗虑"持节"（皇帝符节，其实是曹操授给），收缴皇后印信。郗虑是个忠厚长者，曹操怕他临事无断，派华歆为副手，带兵进入皇宫，逮捕伏皇后。

伏皇后紧闭房门，躲到夹墙之中。华歆拆屋毁墙，将伏皇后强行拖出。

这时，汉献帝坐在殿外，与郗虑坐着谈话。伏皇后披头散发，光着脚，一边走一边哭，经过殿前，向皇帝哀求："难道不能留我一命吗？"

汉献帝刘协说："我自己都不知道还能活到几时啊！"转头问郗虑："郗公，天下真有这种事情吗？"郗虑不敢回应。

伏皇后被囚入暴室（宫廷看守所），处死；所生两个皇子都用毒酒酖杀。

曹操的女儿曹节乃得以立为皇后。

【原典再现】

后闭户，藏壁中。歆坏户发壁①，就牵后出。时帝在外殿，引虑于坐，后被②发、徒跣③，行泣，过诀④曰："不能复相活邪？"帝曰："我亦不知命在何时！"顾谓虑曰："郗公，天下宁有是邪？"

——《资治通鉴·汉纪五十九》

①发：挖开。坏户发壁：拆掉门、挖开墙壁。
②被：音义同"披"。
③徒：不穿鞋。跣：音"显"，足。徒跣：赤脚。
④诀：诀别。

80. 诸葛瑾：孙权讨荆州的和谈特使

曹操当上了魏公，但他不能就此篡位，还有一个过程是封"魏王"。而魏公要升魏王，得立下新的战功，他的目标指向张鲁。

刘备已经得了益州，跟张鲁处于紧张关系，然而一旦曹操取得汉中，肯定更紧张。正在思索要不要支持张鲁之时，孙权却来讨荆州。

早先，周瑜、甘宁都曾建议孙权"取益州"，孙权也向刘备表示，有意先攻刘璋、再攻张鲁。但刘备回信，说："我跟刘璋同属刘姓皇族，刘璋得罪阁下，我同感忧惧。实在不敢听从你的计划攻打刘璋，请宽恕！"

孙权不管（其实眼中没有刘备），派孙瑜率水军前往夏口。刘备的舰队封锁江面，不准孙瑜通过，命关羽驻军江陵，张飞驻军秭归，诸葛亮驻军南郡，自己驻军公安，孙瑜只得撤退。

等刘备攻下了益州，孙权气得破口大骂："这狡猾的贼子，竟敢如此诈我！"

孙权忍下气，派中司马诸葛瑾去见刘备，说："你已经得了益州，荆州可以还来了吧！"（五年前鲁肃建议将荆州借给刘备。）

刘备怎么会将口中肥肉吐出，请诸葛瑾回复孙权："我正打算攻取凉州，等凉州平定，一定将荆州交还。"

孙权说："这根本就是不想还！空口白话，企图拖延时日罢了。"

孙权决定来硬的，任命长沙、零陵、桂阳三郡（都在长江以南，湘水以东）太守与官员，派他们上任。可是关羽比他更硬，将这些官员全数驱逐。

孙权大怒，派吕蒙出兵，夺取三郡。刘备得报，从成都赶往公安，派关羽夺回三郡。

孙权则进驻陆口，命鲁肃率一万人进驻益阳。

鲁肃面对关羽，派人邀关羽面对面谈判，双方兵马停留在百步之外，将领们只随身携带佩刀。这一幕在三国演义中是"关云长单刀赴会"，但实情是，鲁肃并不是孬种，还辩得关羽哑口无言。

就在这个时候，传来张鲁投降曹操的消息，刘备担心益州情况，乃向孙权提议和解。孙权再派诸葛瑾担任和谈特使，双方"中分"荆州，以湘水为界，吕蒙已攻取的三郡归孙权，湘水以西归刘备。

诸葛瑾是诸葛亮的亲哥哥，可是他每次去谈判，都只跟老弟在会议公开场合见面；会外从不私相会晤。

【原典再现】

及备已得益州，权令中司马诸葛瑾从备求荆州诸郡。备不许，曰："吾方图凉州，凉州定，乃尽以荆州相与耳。"权曰："此假①而不返，乃欲以虚辞引岁②也。"

——《资治通鉴·汉纪五十九》

---

①假：借口。
②引：拖延。引岁：拖延时日。

81. 司马懿：曹操真的"得陇不望蜀"吗？

曹操大军讨伐张鲁，进抵阳平关，张鲁的弟弟张卫率领数万人固守关头，沿山筑城，长达十余里。

如此防线令曹操难以下手，各军进攻山上各城，山陡如削，无法攀登。士卒伤亡太重，粮秣接济不上，曹操心情沮丧，打算切断后路，班师而回。（楚汉相争时，刘邦进入汉中，烧栈道以阻绝项羽可能的追击。如今曹操自汉中撤军，打算切断"后路"，跟刘邦是同样意思，只是方向不同。）

曹操派夏侯惇、许褚传唤山上部队撤退，想不到，一支军队在夜中迷路，竟然闯入张卫军队的一个大营。敌人在黑夜中突然出现，该营霎时陷入惊恐，一时崩溃。

这支"奇兵"立即通知夏侯惇、许褚："攻陷敌人重要据点，敌军瓦解。"夏侯惇、许褚不相信会有这种事，亲自前往察看，证实为真后，展开全面攻击，张卫在黑夜掩护下逃走。

张鲁听到阳平关陷落，逃往巴中地区。左右打算纵火焚烧金银财宝与仓库中的粮食。

张鲁说："我原本就有意归顺朝廷，财宝与仓库都是国家所有。"将仓库加上封条后撤退。

曹操进入南郑（汉中首府，今陕西汉中市），对张鲁的举动深为嘉许，派人前往慰问。三个多月后，张鲁投降，曹操以朝廷名义封他阆中侯，镇南将军。

丞相主簿司马懿提出建议："我们攻克汉中，益州人心必然震动，大军趁势进军益州，他们必然瓦解。刘备此刻正在江陵跟孙权争胜，这个时机不可失。"

曹操说："人，最苦的是不知足，才得到陇地，难道还要看向蜀地吗？"

曹操这番话，是引用东汉光武帝刘秀的话。刘秀当时是诏令关中将领，攻取陇地（隗嚣）之后，顺势南向进攻蜀国（公孙述）。而曹操的意思是见好就收，跟刘秀相反。

曹操第一时间未采纳司马懿的建议。过了七天，蜀地有人前来投奔，说："成都曾经在一天之内发生数十次惊扰，刘备不在，将领们虽然斩杀民众以镇压，仍无法安定人心。"

曹操问刘晔："现在再发动攻击，可以吗？"

刘晔说："时机已失，如今人心应已安定，现在进攻，已经太迟。"

于是曹操班师回邺都，汉中人民有八万余人跟随军队迁移中原。（显示蜀地人心尚未向着刘备。）

【原典再现】

操曰："人苦无足，既得陇，复望蜀邪！"

——《资治通鉴·汉纪五十九》

82．张辽：张辽来也，势不可挡

曹操居然"得陇而不望蜀"，实在不符合他的性格。事实上，他之所以迟疑，是对东方有顾虑，也就是孙权可能进攻合肥。

他的顾虑是对的。

先前孙权跟刘备争南郡，曹操乃安心攻张鲁，不必担心东方。而刘备担心曹操"得陇望蜀"，因而迅速与孙权和解，回到成都——曹操失去攻成都的时机，也就是刘晔所说"蜀地已安"，是指刘备主力已回到成都。

孙权呢？西边（鲁肃、吕蒙）跟刘备已和解，于是趁曹操还在西方，亲率大军十万人，包围合肥。

幸亏曹操在西征之前，曾有手令交付合肥护军（军区司令）薛悌，手令封口上写着"敌人来时才拆开"。薛悌乃在孙权大军来时拆开手令，令中："如果孙权亲至，张辽、李典出战，乐进守城，薛悌不可参与作战。"

薛悌出示曹操手令，可是诸将认为众寡不敌，迟疑不决。

张辽说："曹公远征在外，如果要等援兵到来，敌军已经攻破我们了。此所以手令要我们采取主动，在敌军尚未集结完成之前展开攻击，挫他们的锐气，就能安定军心，才守得住。"

乐进等人闷不吭声，张辽大怒，说："成败之机，在此一战。诸君如果胆小怕事，我单独出马！"

诸将之中，李典与张辽素不和睦，闻言慨然说："这是国家大事，就看大家怎么决定了。我岂可以因私人恩怨而妨碍公义？我愿随阁下出击。"

于是，张辽连夜募集敢死队，挑选八百人，杀牛犒赏。天明，张辽披甲上阵，手持铁戟，率先冲锋陷阵，杀数十人，斩二员大将，口中大呼"张辽来也"，直冲孙权大旗。

孙权遭突击，一时惊慌失措，紧急奔上一座高丘，卫士持长戟团团围住保护。

张辽在土丘下叫骂，要孙权下来决战，孙权起先不敢动，后来渐渐看出，张辽兵马不多，才下令聚集军队包围张辽。张辽本人奋勇杀出重围，部众在包围圈中呼喊："将军要抛弃我们吗？"张辽翻身再杀进去，救出部众。孙权人马都不敢阻挡张辽，士气全失。

张辽得胜回城，城内兵马信心十足。孙权围攻合肥城十余天，无法攻克，只好撤军。

张辽在城上，望见孙权大军正在逍遥津北岸，熙熙攘攘地要渡过黄河，亲率步骑兵发动奇袭。

这一波攻击又打得孙权猝不及防。甘宁与吕蒙连手抵御，凌统搀扶孙权脱离险境后，再回军与张辽交战，左右尽死，自己也受重创。

孙权骑着骏马上了河桥，桥的南端已经垮陷，近卫猛烈鞭打马屁股，骏马遂一跃而登南岸，这才完全脱离险境。

你没读到的三国

曹操自己亲征西方，留下的手令却展现了他的知人善任能力：

张辽、李典是勇将，所以要他们主动出击；乐进周密负责，所以用他守城。至于薛悌，名字只有在这里出现，想必长于行政后勤，所以由他担任军区司令，但不要他作战。

三国演义中，诸葛亮一再使用"锦囊妙计"，精准预料情况发展，有如神仙一般。可是在史书记载中，只有曹操"演出"过这么一次，诸葛亮却没有。

【原典再现】

魏公操之征张鲁也，为教①与合肥护军薛悌，署函边曰："贼至，乃发。"及权至，发教，教曰："若孙权至者，张、李将军出战，乐将军守，护军勿得与战。"

——《资治通鉴·汉纪五十九》

① 教：预先写好的战术指令。

83．周泰：东吴"兄弟治国"的传统

曹操收服汉中张鲁，凯旋回到邺都，汉献帝下诏，封曹操为魏王。曹操任命钟繇为相国，魏王的朝廷完全比照东汉朝廷，具有完整的功能性。

然后曹操领军南下，攻打孙权。孙权坚守濡须，由蒋钦与吕蒙共同负责军事调度，蒋钦屡次赞扬徐盛。由于徐盛以前曾经将蒋钦的一员官属问罪斩首，孙权因此表示诧异，蒋钦说："徐盛忠诚且刚直，有谋略、有胸襟，有领导万人以上的才能。如今国事如麻，我岂能为了私仇而遮蔽贤才之路？"

曹操久攻不下，与孙权议和后撤军。孙权准备回去建业，命周泰留守濡须，统御朱然、徐盛等将领。

周泰出身寒微，将领们私下都瞧不起他。孙权了解这个情况，于是摆下筵席，集合所有将领，在席上要周泰解开衣裳，露出满身伤痕。孙权指着伤痕，逐一询问受伤经过。周泰则一一回溯当时战役情况。

问罢，孙权命周泰穿上衣裳，握住他的手臂，流着泪说："幼平（周泰字），你为了我们兄弟，在战场上作战如熊虎般勇猛，不惜身体、不惜性命，受到数十次创伤。看你全身肌肤都是刀刻剑割的纪录，我怎么忍心不将你视为骨肉，将军事重任托付给你？"然后以自己的军乐队送周泰回营。自此以后，徐盛等将领才都服从周泰指挥。

你没读到的三国

在那个门第至上的时代，出身寒微自然遭到轻视。可是，一旦孙权当众宣布："周泰是我的兄弟骨肉。"立即，周泰不再是"寒门"，而成了"主子家人"，受人尊敬。

前面（第七十一章）周瑜也说，他跟孙策、孙权兄弟"外托君臣之义，内结骨肉之恩"。事实上，东吴的君臣关系，一直是"兄弟会"——鲁肃与周瑜相互升堂拜母，鲁肃又拜见吕蒙的母亲（第七十二章）。

东吴的重要文臣如张昭、吕范、顾雍等人，则都没有受过这种"殊荣"。在那个战争时代，文官虽然位居要津，却不能成为"兄弟"。

【原典再现】

权会诸将，大为酣乐，命泰解衣，权手指其创痕，问以所起，泰辄记昔战斗处以对。毕，使复服，权把其臂流涕曰："幼平，卿为孤兄弟，战如熊虎，不惜躯命，被创数十，肤如刻画，孤亦何心不待卿以骨肉之恩，委卿以兵马之重乎！"坐罢，住驾，使泰以兵马道从，鸣鼓角、作鼓吹而出；于是盛等乃服。

——《资治通鉴·汉纪五十九》

84. 曹丕：贾诩高招定王储

汉献帝再下诏：魏王曹操的冠冕上配挂十二条旒（音"留"，玉石串成的流苏），座车以金龙文虎装饰（金根车），驾马六匹，仪队设五辆副车。这些都是皇帝特有的排场，曹操距离天子之位愈来愈近。

于是，曹操开始认真思考继承人问题。

曹操原配丁夫人无子，因故触怒曹操，被送回娘家，立卞夫人为正室。卞夫人生四子：曹丕、曹植、曹彰、曹熊。四个儿子当中，曹操最喜欢曹植，曹植多才多艺，学识丰富，且反应机敏。因此有一帮马屁精开始聚拢在曹植身边，并不时在曹操面前称赞曹植，劝曹操立曹植为嗣子。

曹操以密函征询重要干部的意见，结果多数支持"立嫡长"，这是儒家的一贯原则，包括曹植老婆的伯父（若按私情，应支持曹植）在内。

另一方面，曹丕向贾诩请教自保之道，贾诩对他说："盼望将军（曹丕职衔为五官中郎将）培养德行气度，潜心向学，善尽做儿子的义务，那样就行了。"曹丕听进这项建议，深自砥砺。

有一天，曹操屏除左右，询问贾诩意见，贾诩"嘿然不语"（喉咙中发出声音，但不是说话）。

曹操说："我问你问题，你为什么不回答？"

贾诩说："我正在想一件事情，所以无法立即回答。"

曹操："你在想什么？"

贾诩："我正在想，袁绍和刘表父子的事。"

曹操闻言大笑，不久，立曹丕为魏王太子。

袁绍、刘表都是曹操手下败将。袁绍将长子袁谭外放，立次子袁尚为继承人，后来二子相互攻伐，被曹操分别击败。刘表将长子刘琦外放江夏太守，死后次子刘琮继立，将荆州拱手献出。贾诩的意思很明显，却不直言明讲，属高级的"讽谏"之术。

你没读到的三国

明太祖朱元璋知道，自己的儿子当中，老四朱棣最优秀，却因为坚守"立嫡长"，所以将朱棣外放为燕王。并且在太子朱标早逝之后，立朱目标长子朱允炆为"皇太孙"。他死后，朱允炆继立为帝，却被朱棣发动军事政变推翻。

朱元璋当年就是因为三国这段历史，所以避开了袁绍、刘表的"失败之道"，而采取了曹操的"安定之道"，结果却不如他的期待。

【原典再现】

他日，操屏人问诩，诩嘿然不对。操曰："与卿言，而不答，何也？"诩曰："属有所思，故不即对耳。"操曰："何思？"诩曰："思袁本初、刘景升父子也。"

——《资治通鉴·汉纪六十》

85．曹植：文采胜过才能，最终失去信任

曹植确实与太子之位擦身而过。

他十岁就能诵诗赋、写文章，曹操看到小曹植的文章，问他："你有没有找人代笔？"

曹植下跪告白说："我出口就成议论，下笔就成文章，不相信的话，可以当场考试，我哪需要请人代笔。"

当时刚好铜雀台完工，曹操同儿子们一同登上铜雀台，教他们各自作赋。曹植提起笔来，迅速完成，文采可观，从此曹操对他另眼看待。

有一次，曹操带兵攻打孙权，交付曹植留守邺都的重任，勉励他说："我当年担任顿丘县令时才二十三岁，现在回想起来，没有做过什么足以后悔的事情（意思是处理事情能力已经成熟，不犯大错）。你今年也二十三岁了，好自为之啊！"

赋予留守重任，加上这一番话，遂令马屁精们开始向曹植靠拢。可是马屁精们的鼓吹虽使得曹操好几次想要立曹植为太子，但也因而以更严格标准考验曹植。偏偏曹植才气高，却任性而行，不拘小节，又酷嗜杯中物。

曹植的车子在邺都奔驰，一向不顾外界批评。可是，有一次他的车子上了驰道，并且叫开司马门出城，那可是皇帝外出才能走的

路，曹操自己也只有随汉献帝出宫时，才会上驰道、开司马门。这次，曹操发了脾气，吩咐公交车令（掌管皇宫警卫）将曹植以死罪起诉。当然，最后没有处死，可是曹操对曹植开始不放心。

后来，曹仁领军攻襄阳，被关羽包围，曹操任命曹植为征虏将军，想要派他带兵前去救援。差人去召唤曹植，想要命授机宜。孰料，曹植刚好酒醉，无法受命。于是曹操收回成命，曹植也失去了老爹的信任。

前章曹操接受贾诩的讽谏，立曹丕为太子。曹操个性多疑而行事缜密，既然立了曹丕，就要为曹丕铲除障碍。曹丕的障碍就是曹植，曹操当然不可能杀曹植，于是他下手铲除了曹植的第一智囊——杨修。

【原典再现】

太祖尝视其文，谓植曰："汝倩①人邪？"植跪曰："言出为论，下笔成章，顾当面试，奈何倩人？"

——《三国志·魏志·陈萧王传》

①倩：通"请"。

86. 杨修：因为曹植才被杀

　　杨修是名门子弟，高祖父杨震有"关西孔子"之美誉，四代都位列三公。杨修是第五代，而他的聪明才智甚至超过父祖——问题就出在他"太聪明"了。

　　曹操初任丞相，兴建府邸大门，修到屋椽时，曹操到工地视察，然后让人在门上写了一个"活"字，便离开了。大家都不知道曹操的意思，直到杨修来看见了那个"活"字，就叫人将大门拆掉。说："门中有个活字，就是'阔'，丞相嫌门太阔了，改窄一点。"

　　又一次，有人送了一杯酪给曹操，曹操尝了一些，然后在盖子上写了个"合"字，传给幕僚们看。大家都不懂，传到杨修时，打开盖子，吃了一口，然后说："'合'字拆开就是'人一口'，吃吧，没问题的。"

　　曹操怕人暗杀他，常说："我睡觉时不要随便靠近，小心我做梦会杀人，杀了人自己却不知道。"有一次，一位近侍在他睡午觉时，想要帮他盖被子，却被曹操跳起来，一刀杀了。醒来后，假装大惊失色，左右都嗟叹不已。只有杨修冷冷地对那具尸体说："丞相不是在梦中，你才是在梦中啊！"

　　杨修每次都猜中（甚至戳穿）曹操心思，但曹操并不是因为嫉才而杀他，而是为了曹丕与曹植的斗争。

杨修加入拥曹植的阵营，并迅速成为曹植争太子的"家教"——他揣摩曹操的心意，模拟各种状况，预先做好问题答案，交给曹植。结果，曹操的命令才下达，曹植的处理方案不久就放在案上。曹操是个多疑性格，他派人调查，发现真相。于是在曹丕被立为太子之后，曹操认为杨修将成为一大隐患，决心将他除去。

终于给曹操逮到机会：夏侯渊镇守汉中，被刘备攻打，阵亡。曹操亲自领军往征，与蜀军对峙不下，进退不得，心中犹豫不决。

【原典再现】

适庖官进鸡汤，探见碗中有鸡肋，因而有感于怀。正沉吟间，夏侯惇入账，禀请夜间口号。操随口曰："鸡肋！鸡肋！"行军主簿杨修见传"鸡肋"二字，便教随行军士，各收拾行装，准备归程……修曰："鸡肋者，食之无肉，弃之有味。今进不能胜，退恐人笑，来日魏王必班师矣。"……操大怒曰："汝怎敢造言，乱我军心！"

喝刀斧手推出斩之。

——《三国演义第七十三回》

杨修就这样被杀了。至于曹丕，他也有一位智囊——吴质。

87. 吴质：低调的高级智囊

　　吴质本以文学见长，可是他生得晚，不能进入"建安七子"之列，而建安七子又都是曹植的好朋友，于是他靠向曹丕，而成为重要智囊。

　　有一次，曹操率大军出征，曹丕与曹植一同送行。曹植当场作赋称颂，出口成章，左右为之侧目，曹操龙心大悦。转头看，却只见曹丕"怅然自失，独流涕"，见父王望向自己，"泣而拜，王及左右皆歔欷"——这一招，就是吴质教的。

　　杨修等运作立曹植为太子最卖力的时候，曹丕十分忧惧，想跟吴质商量。可是吴质当时的官职是朝歌县长，外官不得批准或奉召，是不能擅自入京的。曹丕想出一招，将吴质藏到装绸缎的大竹筐里，用牛车载进自己的府邸，两人密商对策。

　　杨修得到消息，就向曹操打小报告。曹操尚未着手调查，曹丕已得到消息，紧急通知吴质。吴质说："那有什么问题。"

　　隔天，又有装载绸缎的牛车低调进入曹丕府邸。杨修立即报告曹操，曹操下令搜索，却搜不到人，自此曹操开始怀疑杨修。

你没读到的三国

　　三国演义只写杨修聪明绝顶，暗示曹操是忌才而杀杨修。但事实上不是。曹操连祢衡都不杀，却杀了杨修，当然不是因为忌才，而是为了排除自己身后的权力斗争因素。

杨修的确聪明过人，可是弱点也在锋芒太露，他跟曹植的作风完全相合，却刚好被曹丕与吴质的阴柔路线"克"到。

由前述故事可以看到，曹丕其实布置得很密，才能在第一时间得悉杨修打小报告——杨修是魏王府行军主簿，他向魏王报告，消息却外泄，可见曹丕在魏王身边布置了眼线。

这件事如果被曹操察觉，曹丕不但太子肯定被废，搞不好还会被赐死，但曹操始终未曾察觉。单凭这一点，曹丕就比曹植适合"搞政治"，而曹操选择曹丕为继承人，显然是正确的决定。

【原典再现】

（曹丕）以车载废簏①内②朝歌长吴质，与之谋。修以白魏王操，操未及推验。丕惧，告质，质曰："无害也。"明日，复以簏载绢以入，修复白之，推验③，无人。

操由是疑焉。

——《资治通鉴·汉纪六十》

---

① 簏：音"路"，一种竹子编成的高筐。
② 内：音义同"纳"。
③ 推验：检查。

88．庞德：关羽水淹七军

曹操封了魏王，刘备自然输人不输阵，随即自称汉中王。这里必须交代：曹操之前收服了张鲁，得到汉中，可是当他转向东方攻击孙权，刘备就出兵攻下了汉中。曹操处理完家务事（立太子）之后，亲自带兵攻打汉中，不能取胜，刘备乃完全占有汉中。

刘备自称汉中王，而不称蜀王，当然是着眼于抢占正统：汉高祖刘邦以汉中起家，刘备现在也称汉中王，只等曹操篡魏，刘备就可以接收"汉室正统"。

然后，关羽展开北伐。

这是诸葛亮"隆中对"的原始设计：据有荆州、益州之后，跟孙权结成同盟，再派出大将直指宛、洛（中原），主力则攻取关中，向曹操展开钳形攻势。

关羽目标指向曹仁据守的樊城，曹仁命于禁、庞德驻防城北。

时值八月雨季，汉水决口泛滥，平地水深数丈，于禁率所部将领登上高岗避洪水。关羽乘大船猛攻，于禁等走投无路，投降，七军覆没。

庞德孤军坚守河堤，主将披甲持弓站在第一线，箭无虚发。从清晨战到过午，两军箭都射尽，展开肉搏，庞德愈战愈怒，气势愈壮。可是却敌不过大水继续高涨，军士文吏全都投降，庞德只能一个人跳上小艇，打算投奔曹仁大营。却因水流激荡，小艇翻覆，庞德手抱覆船，被关羽生擒。

庞德被抓到关羽面前，挺立不跪。

关羽对他说："你的堂哥（庞柔）在汉中，我有意用你为将军，你不早点投降，还在等什么？"

庞德破口大骂："小子，什么叫投降？魏王有百万带甲战士，威震天下，你们家刘备只是个庸才，哪里是对手！我宁为国家（东汉朝廷）之鬼，不当贼将！"关羽被他骂火了，下令杀了庞德。

魏王曹操接获报告，说："我跟于禁认识三十年，想不到，面对危难，还不如庞德！"庞德原本在张鲁手下，才归顺曹操不久，因此曹操会如此嗟叹。

【原典再现】

羽谓曰："卿兄在汉中，我欲以卿为将，不早降何为？"德骂羽曰："竖子，何谓降也！魏王带甲百万，威震天下，汝刘备庸才耳，岂能敌邪！我宁为国家鬼，不为贼将也！"羽杀之。

——《资治通鉴·汉纪六十》

89. 陆逊：扮猪吃老虎

关羽降于禁、斩庞德，"威震华夏"（威胁到中原），曹操甚至考虑将大本营自许昌北迁邺城。司马懿和蒋济建议："派人游说孙权，抄关羽的后路，答应将长江以南都割给他，则樊城的包围自然解除。"曹操采纳。

在此之前，孙权曾经向关羽提亲，自己的儿子娶关羽的女儿，孰料关羽将孙权的使者骂了回去。三国演义中，关羽说了一句"虎女不嫁犬子"，粗鲁无礼且态度骄横，孙权当然怒不可遏。于是在曹操派使者来，提出前述条件，孙权乃将吕蒙召回建业密商大计。

吕蒙宣称"病重，回京就医"，经过芜湖时，定威校尉陆逊对吕蒙说："你远离防区，难道不担心关羽？"

吕蒙说："你说的是，但我的病真的很重。"

陆逊说："关羽自负其骁勇，气势凌人。可是他才刚刚取得大胜，想必更加骄傲，也更加轻忽。他一心北伐，完全不将我们放在眼里，听说你病重回京就医，肯定更不防备。趁这个时候发动突袭，一定可以制服他。你回京见到至尊（至尊指孙权，曹操封魏王，刘备自称汉中王，孙权尚未称王，但不宜再称'吴侯'，否则矮了半截），请妥善计议。"

吕蒙称病回京，原本就是欺敌之计。如今陆逊的说法，竟然与他的想法完全一致。吕蒙不知道陆逊是已经看破却佯装不知，还是英雄所见略同。但在与孙权计议之前，只能继续装病，说："关羽一向英勇，如今建立大功，声势更壮，不容易对付，切莫轻举妄动。"

回到建业，孙权与吕蒙商定，要突袭关羽，由吕蒙担任总司令。可是这欺敌之计必须继续，吕蒙不能回到防区。

孙权问吕蒙："谁可以接替你的位置？"

吕蒙答："陆逊思虑深远，有能力担当重任。同时他知名度尚低，不会引起关羽的猜忌，是最恰当的人选。"

孙权于是召见陆逊，任命他接替吕蒙，镇守陆口。陆逊到任，写信给关羽，大加颂扬关羽的功业，措辞谦卑，还暗示向关羽效忠。

关羽见信大乐，抽调军队，向北增援樊城。

【原典再现】

蒙曰："诚如来言，然我病笃。"逊曰："羽矜其骁气，陵轹①于人。始②有大功，意骄志逸，但务北进，未嫌于我，有相闻病，必益无备。今出其不意，自可禽③制。下见至尊，宜好为计。"

——《资治通鉴·汉纪六十》

① 轹：音"力"，车轮碾压。陵轹：欺压。
② 始：刚刚。
③ 禽：同"擒"。

90．桓阶：曹操锐气已消

　　曹操自赤壁撤退时，留曹仁守襄樊，同时命徐晃驻屯宛城，作为二线支持部队。于禁兵团瓦解，襄阳陷落，曹仁困守樊城。徐晃乃推进到阳陵坡，并以战术吓走关羽派驻郾城的部将。可是他自知力量不足以解樊城之围，因此按兵不动，只跟城内以射箭传书联络，支撑守军士气。

　　曹操亲自统率大军，南下救援曹仁。幕僚一致认为："大王若不立即行动，恐怕曹仁撑不住。"

　　只有侍中桓阶提出异议，说："大王认为，曹仁等人能不能处理当前情况？"

　　曹操说："能。"

　　桓阶："大王担心曹仁与徐晃不尽全力吗？"

　　曹操："不是。"

　　桓阶："那么，为什么还要亲自出马呢？"

　　曹操说："我担心敌军势众，徐晃等力量不够。"

　　桓阶说："曹仁等身处重围之中，之所以能够死守而无二心，就是因为大王在外声援。他们居于必死的险地，一定会激发求生的意志。大王控有强大军队，不自己亲征，正显示我军仍有强大余力，那又何必自己去呢？"

曹操认为他的分析有理，遂驻军摩陂（"陂"：山坡。摩陂在今河南郑县东南），先后派出十二梯次部队，增援徐晃。

十二波援军投入，徐晃乃采取主动出击，关羽数败，步骑兵解围撤退。但关羽水军仍居优势，樊城与襄阳间交通仍被切断。

你没读到的三国

桓阶的分析，非常诡异，曹操居然接受，更令人费解。唯一解释是，曹操对战争已经厌倦，甚至畏惧。事实上，之前攻取汉中之后，说出"得陇不可望蜀"，就已经显示这种心态。

可能是年纪大了，锐气不再；可能是身体状况不佳，才会有此表现。而两个月后，曹操就"薨"了，可印证这个说法。（注：古时天子死称"崩"，诸侯死称"薨"。后来皇帝死称"崩"，王侯死称"薨"。）

【原典再现】

群下皆谓："王不亟行，今败矣。"侍中桓阶独曰："大王以仁等为足以料事势不①也？"曰："能。""大王恐二人遗力②邪？"曰："不然。""然则为何自往？"曰："吾恐虏众多，而徐晃等势不便耳。"阶曰："今仁等处重围之中，而守死无贰者，诚以大王远为势也。夫居万死之地，必有死争之心。内怀死争，外有强救，大王按六军以示余力，何忧于败而自往？"

——《资治通鉴·汉纪六十》

① 不：读音"否"，义同。
② 遗力：保留力量、不尽力。

91．傅士仁、糜芳：关羽兵败被杀

关羽在襄樊失利，同时间，东吴吕蒙的兵马已经过了长江。

吕蒙假装生病，由陆逊接替陆口防务，自己却率领精兵，突击江陵。他将甲士埋伏在船舱内，由平民水手摇橹划桨，船面上的官兵都扮成商人（白衣渡江）。由长江逆流而上，沿途遇到关羽设置的岗哨，一律擒拿，是因军情并未报回江陵。

留守江陵的是南郡太守糜芳（刘备的小舅子），留守公安的是将军傅士仁，这两人负责关羽北伐的后勤补给。有几次不能及时到达，关羽就放话："等我回荆州，当用军法制裁。"二人大为恐惧。

吕蒙的部下虞翻跟傅士仁有交情，写信给傅士仁，傅士仁接信后，即刻投降。吕蒙军队到达南郡，傅士仁在城下对糜芳喊话，糜芳开城投降。

吕蒙进入江陵，下令"不准侵犯民宅，不准取一针一线"。一个吕蒙的汝南同乡，取了民家一顶斗笠，盖在铠甲之上。虽然是为了保护公物不受雨淋，吕蒙仍然流着泪，将他处斩。军中为之战栗，社会秩序井然，路不拾遗。

关羽得知南郡陷落，立即回军南下。同时不断派出使节，责备吕蒙背弃双方合作约定。

吕蒙对关羽派来的使节，特别厚待，让他走遍江陵全城。于是家家户户都向使节报平安，有些还托带信件。一个又一个使节带回的都是"家属安全"讯息，于是兵无斗志，军心浮动。

关羽发现大势已去，向西撤退到麦城，孙权派人向他招降，关羽假装答应，在城头遍插旌旗，树立草人，然后逃走。

这个动作却击溃了全军士气，大军霎时瓦解，关羽左右只剩十余骑兵追随。最后被孙权的将领潘璋生擒，连同儿子关平一道斩首。

你没读到的三国

关羽是所有中国人心目中的三国第一名将，可是他这最后一战却荒腔走板。

首先是他对待傅士仁与糜芳的态度，这两人对他的重要性，其实超过其他将领。因为当时两军作战看主将，主将本身神勇，只要部队肚子饱、身上暖，永远可以打胜仗。可是关羽却摆威风，令两位后勤司令因心生畏惧而叛变，以致后方失守。

回军援救大本营，在他之前的历史借鉴，是刘邦攻下彭城，项羽自齐国回军救援。那一仗，项羽只带了三万人，急速行军，击溃刘邦数十万大军。关羽也应采取同样战术，以他的英勇，很难说吕蒙能否抵挡得住。却给了对方施展政治作战的时间与空间，卒至溃不成军。

这些都还是战术上的失误。关羽最大的错误是战略性的——破坏了"隆中对"的设计，联合孙权以对抗曹操。

在此之前，孙权和刘备很有默契：曹操在东，刘备就在西边行动；曹操向西，孙权就在东方展开攻击；因而让曹操忙于两面作战，维持了鼎足之势。

关羽激怒孙权，已经破坏了合作的氛围，但只要他能够守住荆州，孙权大概也只好忍气吞声。如今他兵败身死事小，孙权得了荆州，反而使三国鼎立的均势破坏，且孙刘联合制曹的默契也被破坏，三足折了一足，"鼎"就难以维持平衡了。

【原典再现】

　　（吕蒙）约令军中："不得干历①人家②，有所求取。"蒙麾下士，与蒙同郡人，取民家一笠以覆官铠；官铠虽公，蒙犹以为犯军令，不可以乡里故而废法，遂垂涕斩之。于是军中震栗，道不拾遗。

　　　　　　　　　　　　　　　　　——《资治通鉴·汉纪六十》

　　① 干历：干扰。
　　② 人家：民宅。

92．曹彰：黄须儿表现不俗

孙权偷袭荆州，杀了关羽，担心曹操趁机在东方动手，因此上书曹操，自称"臣"，并且强调说"此乃天命"——暗示拥戴曹操篡位称帝。

曹操将孙权的上书公开，说："这小子想让我坐上火炉呀！"曹操这句话和公开书信的动作是什么意思？群臣相互观望，内心各有猜测。

以侍中陈群为首的马屁集团做出最安全的反应："汉祚已终，并非始自今日。殿下功德伟大，是全民仰望的领袖。孙权称臣正是天人感应的明证。殿下应正式登上大位，还有什么好疑虑的！"

曹操说："如果天命真的在我身上，我宁愿当周文王。"

周文王得到天下三分之二诸侯归心，但一直没有采取行动。他死后，儿子周武王才兴兵伐纣，建立周朝。曹操这是表明他不会篡位，有可能他最清楚自己的身体状况。因为，他在说完这话的来年一月就去世了。

驻军长安的鄢陵侯曹彰回京奔丧，才下马，劈头就问："先王的印信在哪里？"

贾逵正色对曹彰说："国家有继承人制度，先王的印信，不是侯爷您应该问的。"曹彰是曹操诸子中最勇猛善战的一个。曹操曾经要曹彰多读书，曹彰对左右说："大丈夫生在世间，就应和卫青、霍去病那样，领十万骑兵驰骋于沙漠，驱逐戎狄，建立功业。读那么多书当个博士有啥用？"

事实上，他真的领军"驱逐戎狄"，北征乌丸（东胡族）、降服鲜卑。曹操召见他，当面慰勉，他将功劳归于诸将，曹操对此大为高兴。曹彰的胡须色黄，曹操摸着曹彰的胡须说："黄须儿表现不俗喔！"

【原典再现】

操以权书示外曰："是儿欲踞吾着炉火上邪！"侍中陈群等皆曰："……此天人之应，异气齐声，殿下宜正大位，复何疑哉！"操曰："若天命在吾，吾为周文王矣。"

——《资治通鉴·汉纪六十》

93．张飞：师未出，身先死

　　曹丕继承魏王，第一件事就是把曹植贬做安乡侯，曹植的党羽丁仪兄弟被灭族。然后就发动"禅让"，汉献帝刘协识相的"下诏"逊位，并派人"持节"将御玺送给曹丕。曹丕还演出三次"辞让"，最后才在刘协"坚持"之下，登上高台，接受御玺，成为皇帝。建国号为"魏"（史称曹魏），东汉帝国这才正式结束。

　　刘协被封为山阳公，在自己的封邑内，仍然用汉朝历法，仪礼与音乐都和皇帝一样。

　　刘协因为识相，才能一直活命到这时候，可是蜀中却"盛传"（想必有马屁集团鼓吹）汉献帝已经被杀。于是汉中王刘备为献帝发丧，追尊他为"孝愍皇帝"，马屁集团更争相上表"祥瑞出现"，恭请刘备继位汉帝。唯一提出劝阻的费诗，被刘备贬去永昌（今云南保山，距成都八百公里的万山之中）。

　　刘备于是"顺天应人"即皇帝位，国号"汉"（之前自称汉中王即已预留伏笔，史称蜀汉）。现在只剩孙权尚未称帝了。

　　刘备即帝位之后，就准备攻击孙权，为关羽报仇。赵云强烈反对，说："国贼是曹操，不是孙权。如果先灭曹魏，孙权自然归附。不该放弃曹魏，先跟孙权交战。"其他文武官员也多提出劝阻，刘备都不听。有一位士人（无官职）秦宓上书："天时不当，出师必然不利。"被逮捕下狱，后来放出，但自此没人再反对了。

张飞是最赞同为关羽报仇的一位，他率领一万人前往江州（今重庆市）与刘备会师。开拔前夕，却被部将张达、范强刺杀，带着人头，投奔孙权。

张飞与关羽齐名。关羽对部属很照顾，但对士大夫非常骄傲；张飞恰恰相反，礼敬士大夫，却不体恤士卒。刘备经常告诫张飞："你用军法太严苛，杀人过当。动不动就鞭打壮士，却仍然让他们待在左右，那可是招致灾祸的做法啊！"因此，当听说张飞部队的都督有表章上奏时，刘备惊呼："天哪！张飞死了！"

刘备大军东进，孙权派人求和，诸葛瑾也写信晓以大义，可是刘备不理。

孙权一面派出将领驻防重要据点，一面派人前往洛阳，向曹丕称臣。魏文帝曹丕封孙权为吴王。

【原典再现】

汉主常戒飞曰："卿刑杀既过差，又日鞭挝健儿而令在左右，此取祸之道也。"……汉主闻飞营都督有表，曰："噫，飞死矣！"

——《资治通鉴·魏纪一》

94．于禁：曹丕的性格阴险面

孙权向曹丕称臣时，为了示好，将于禁送回魏国。

于禁是曹操的"长征老干部"，从兖州开始，就追随曹操，破黄巾、讨吕布、降张绣、败袁绍，堪称无役不与。只要是曹操领军出征，于禁不是担任先锋，就是担任后卫；更由于他严肃军纪，自己不贪财物，也不准军士掳掠，所以得到赏赐特多，但也因此"不得士众心"。

樊城之战，曹操派他支援曹仁。关羽水淹七军，于禁与诸将"登高望水"（其实是仓促间逃避大水，上了高丘），被关羽的水军包围，于禁投降，只有庞德不屈而死。曹操感叹："我认识于禁三十年，临危反而不如庞德！"

及至孙权袭杀关羽，于禁乃成为吴国的俘虏。孙权为了维持跟曹魏的关系，刻意拉拢于禁。有一次，孙权跟于禁骑马并行，骑都尉虞翻看了不顺眼，呵斥于禁："你是什么东西！一个俘虏岂能跟我们主子并肩骑马？"扬起马鞭要打于禁，被孙权喝止。

于禁承受长时间的忍辱压力，被送回魏国时，须发皆白，形容憔悴，晋见曹丕时，流泪叩首。曹丕引用《左传》荀林父、孟明视的故事安慰他。（荀林父是晋国主将，在晋楚泌之战大败，晋景公仍重用他；孟明视是秦国将领，在晋秦殽之战被晋军俘虏，逃回秦国，秦穆王仍重用他。）

曹丕任命于禁为安远将军，教他前往邺城祭拜高陵（曹操墓园）。于禁到了高陵，在陵园屋舍中，却看见墙上画了"关羽获胜"、"庞德愤怒"、"于禁降服"等图画，既惭愧又羞恨，发病而死。当然，那是曹丕事先命人画上去的。

这个故事显露了曹丕性格的一角：面对一个父执辈的降将，他不忍杀，又不甘心让对方安享余年。在陵园内画图，只是想羞辱于禁一番，孰料却逼死了于禁。

【原典再现】

　　于禁须发皓白，形容憔悴，见帝，泣涕顿首。帝慰谕以荀林父、孟明视故事，令北诣邺谒高陵。帝使豫①于陵屋画关羽攻克、庞德愤怒、禁降服之状。禁见，惭恚发病死。

——《资治通鉴·魏纪一》

---

① 豫：通"预"。

95．赵咨："孙权身段柔软"

孙权上表称臣，曹魏帝国的册封大臣邢贞抵达吴国。吴国群臣不愿接受"吴王"封号，认为应该用"上将军"、"九州岛伯"。这些头衔虽非"皇帝"，却都是古时候天子的职权头衔。孙权劝服他们说："从前刘邦也曾接受项羽给的封号当汉王。行事要勇于面对现实，一个虚名对我有什么损失？"决意接受。

吴王孙权再派中大夫赵咨前往洛阳报聘。

曹丕接见赵咨，问："吴王是怎样的君主？"

赵咨回答："聪明、仁慈，有智慧且有谋略。"

曹丕要他举出实例。赵咨说："从平民中拔擢鲁肃、吕蒙，是聪明；俘虏于禁而不诛杀，是仁慈；收复荆州兵不血刃，是智慧；据守三州（荆州、扬州、交州），虎视天下，仍能屈身陛下，是谋略。"

曹丕："吴王读书吗？"

赵咨："吴王拥有战船万艘，战士百万，志在四方，稍有闲暇，则博览群书。但他跟一般读书人不同，不是钻研章句，而是从历史典籍中，吸收当中的深意。"

曹丕："吴国可以征服吗？"

赵咨："大国有讨伐大军，小国有抵御准备。"

曹丕："吴国会造成我的威胁吗？"

赵咨："百万雄师加上长江、汉水屏障，若要发动攻击，并不困难。"

曹丕："吴国像你这样的人才有多少？"

赵咨："超级高明的有八、九十位，跟我同等的，车载斗量，无法胜数。"

曹丕再派人向吴国要求进贡雀头香、大贝、明珠、象牙、犀角、玳瑁、孔雀、翡翠、斗鸡、长鸣鸡等。吴国群臣大为不满，认为超过对东汉朝廷的进贡范围，主张不给。孙权说："我们正在跟蜀汉对峙，全靠与曹魏保持和平，才能专心西边。他们所要求的，在我看来，不过一堆瓦石而已，我岂能吝惜这些？"照单贡献。

【原典再现】

吴王遣中大夫南阳赵咨入谢。帝问曰："吴主何等主也？"对曰："聪明、仁智、雄略之主也。"帝问其状，对曰："纳鲁肃于凡品，是其聪也；拔吕蒙于行陈，是其明也；获于禁而不害，是其仁也；取荆州而兵不血刃，是其智也；据三州虎视于天下，是其雄也；屈身于陛下，是其略也。"……帝曰："吴可征否？"对曰："大国有征伐之兵，小国有备御之固。"……帝曰："吴如大夫者几人？"对曰："聪明特达者，八、九十人；如臣之比，车载斗量，不可胜数。"

——《资治通鉴·魏纪一》

96．孙桓：猇亭之战

孙权向曹丕宣示效忠并非真心，其实是为了专心对付西方的刘备。

刘备大军完成整备，沿长江南岸，翻山越岭，抵达猇亭（今湖北宜昌市内），连营七百里一直到夷陵。

吴军主帅陆逊捺住性子，否决所有将领出战的要求。两军相持不战半年多，陆逊才下令出战。将领们之前以为陆逊胆怯，这下子抗议声四起："一开始不发动攻击，让敌人深入五、六百里，僵持七、八个月，要害之地都已加强守备，这时候才要攻击，有何优势？"

陆逊说："敌人刚来之时，士气高昂，如今人马疲惫，正是掎角（前顶后拉）的时机了。"先行试攻汉军一个营垒，不利，诸将说："白白送死而已。"但陆逊说："我已经有了破敌之计。"

陆逊命士卒每人带一束茅草，顺风纵火，乘火势蔓延，一路追杀，连破四十余营，汉军将领死的死、降的降。

刘备被火势逼上马鞍山，吴军从四面攻击，汉军抵挡不住，土崩瓦解，数万人战死。

刘备乘夜逃遁，幸赖驿站官员将弃置的铠甲，堆置石门隘口焚烧断后，刘备才得逃入白帝城。汉军的舟船、器械、水陆军用物资，一时损失殆尽，尸体浮满江面，顺流而下。刘备愧恨交加，说："我

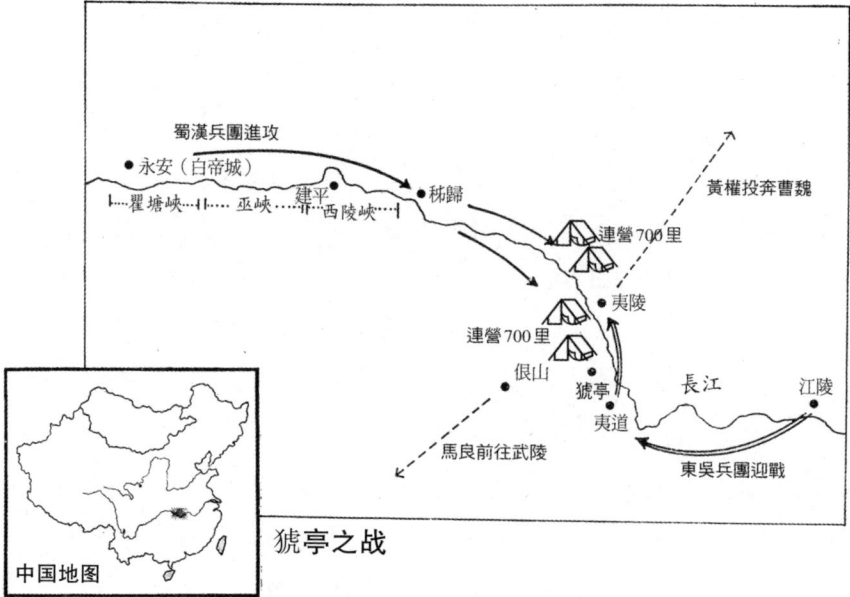

蜀漢兵團進攻

永安（白帝城）

瞿塘峽　巫峽　西陵峽

建平

秭歸

連營700里

黃權投奔曹魏

夷陵

連營700里

偎山

猇亭

夷道

長江

江陵

馬良前往武陵

東吳兵團迎戰

猇亭之战

中国地图

竟然败给陆逊，岂非天意！"

在此之前，吴军安东中郎将孙桓担任侧翼任务，陷入汉军包围，向陆逊求救。陆逊说："还不可以。"诸将说："孙桓是主公族人（孙权的族侄），陷入围困，岂可不救？"陆逊说："孙桓深得军心，且城垣牢固、粮食充足，不必担忧。等到我的战术奏效，不必我们去救，自然解围。"

等到胜负已定，包围孙桓的汉军果然溃退回奔。孙桓来见陆逊，说："之前真是恨你不肯来救，等见到事情大定，才明白你的调度自有方略。"

陆逊年纪轻轻担任大都督，手下有孙策时期的老将，也有孙家亲族，个个后台都硬。

陆逊手按剑柄，晓以大义，软硬兼施，才让他们听令。等到击败刘备，将领们才心服口服。

猇亭之战是三国三大决定性战役之一：官渡之战曹操统一北方，赤壁之战确定三国鼎立，猇亭之战则宣告了鼎足均势破局。

【原典再现】

（孙桓）为汉所围，求救于陆逊，逊曰："未可。"诸将曰："孙安东，公族，见围已困，奈何不救？"逊曰："安东得士众心，城牢粮足，无可忧也。待吾计展，欲不救安东，安东自解。"及方略大施，汉果奔溃，桓后见逊曰："前实怨不见救；定至今日，乃知调度自有方耳！"

——《资治通鉴·魏纪一》

97. 刘阿斗：刘备白帝城托孤

刘备兵败，留守成都的诸葛亮叹息说："法正如果还活着，一定有办法阻止主上东征。即令东征，也不会遭受重挫。"法正原本是刘璋部下，后来成为蜀汉政府中"益州帮"的领袖，与诸葛亮性格虽不同，但互相推崇、配合良好。

刘备在白帝城，心情沮丧，病重。将诸葛亮召到白帝城，对他说："你的才能十倍于曹丕，必能安邦定国，完成大业。如果我的儿子还可以辅佐，就请你辅佐他；如果他不成材，你就取而代之好了！"

诸葛亮流着泪，泣不成声，说："我怎敢不竭尽全力，效忠国家，忠诚不二，直到我死为止！"

刘备遗命诸葛亮为主，李严为副，辅佐太子刘禅，也就是刘阿斗。同时以诏书敕示阿斗："人活到五十岁，就不算夭寿了。我今年六十有余，还有什么遗憾呢？只是对你们兄弟仍有牵挂而已。你要自我勉励啊！勿以恶小而为之，勿以善小而不为，只有贤能与品德才可以让人敬服。你的父亲德行太薄，不值得你效法。你跟着丞相（诸葛亮）学习，要像对待父亲一样恭敬。"

诸葛亮将刘备的棺枢运回成都，安排太子刘禅登极（当年十七岁）。诸葛亮以丞相兼益州牧，国事无分巨细，全部交由诸葛亮裁决。

尚书邓芝向诸葛亮提出建议，跟孙权恢复邦交。诸葛亮说："我已经考虑这件事很久，只不过没发现适当人选。今天，这个人出现了。"任命邓芝为中郎将，前往东吴报聘。

邓芝到达吴国，可是孙权还没下定决心跟曹魏完全断绝关系，因此迟迟不接见邓芝。

邓芝直接上书孙权："我今天来此，也是为了吴国的利益，不仅仅是为了蜀汉而已。"

孙权见信，乃跟邓芝见面，说："我有诚意跟贵国重修旧好，只怕你们皇帝幼弱、国土太小，抵挡不住曹魏。"

邓芝说："大王是当世英雄，诸葛亮也是一代豪杰。贵我两国如唇齿相依，进可以吞并天下，退可以鼎足三分。大王如果依附曹魏，他们会要求大王去洛阳朝见，或要求太子入侍（当人质），如果拒绝，曹丕更可以理直气壮出兵'讨伐叛逆'，那时候大王将如何响应？"

这番话说中了孙权的心事，于是决心跟蜀汉联合。

【原典再现】

　　汉主谓亮曰："君才十倍曹丕，必能安国，终定大事。若嗣子可辅，辅之；如其不才，君可自取。"诸葛亮涕泣曰："臣敢不竭股肱①之力，效忠贞之节，继之以死。"

　　　　　　　　　　　　　　　　——《资治通鉴·魏纪二》

① 股：大腿。肱，音"工"，下臂。股肱：亲自跑腿。

98．邓芝：联吴制魏的第一线外交官

孙权决定跟蜀汉联合，是一项明智的战略判断——曹丕见刘备兵败，趁机攻击孙权。

曹丕以两路大军开辟东西两个战场：大将军曹仁率步骑数万人攻击濡须，自己亲征荆州（实际总指挥是曹真）。赤壁大战后，曹魏只占据了原荆州八郡之一的南阳郡，还差点被关羽攻下。孙权向曹丕称臣以缓和东线，曹丕则将荆州（南阳郡）改称郢州，这下又改回荆州。

孙权既然与曹丕决裂，遂改号为"黄武"，这是不奉曹魏帝国的"正朔"，等于宣布独立。

曹魏的两路攻势都被东吴化解。孙权派张温前往蜀汉报聘，此后两国之间信件与使节络绎不绝，吴蜀联合的实际执行者则是诸葛亮与陆逊。

孙权刻了一颗印信放在陆逊那里，所有信差经过荆州时，都给陆逊过目。如果陆逊认为有不妥之处，授权陆逊得以修改，修改后重新缮写，加盖孙权的吴王印信后封发。有些不必用国书往来的事情，孙权就交代陆逊，直接与诸葛亮联络——吴、蜀之间建立了一条"第二轨道"，合作的互信基础更加稳固。

蜀汉再派邓芝去吴国做正式访问。孙权对邓芝说："但愿天下从

此太平，两位帝王分别治理自己的国家，岂不是乐事？"

邓芝回答："天无二日，民无二王。如果有一天，我们联合消灭了曹魏，可是大王不能体认上天旨意（天命在汉），那时候，君王各布恩德，群臣各尽忠心，恐怕战鼓将再擂起，战争不过刚刚开始！"

孙权闻言大笑："你说得真是坦诚啊！"

"三足鼎立"是物理学上的稳定状态，但那是静态的；三国鼎立则是政治的、军事的、动态的。孙、刘连手抗曹，有共同敌人，所以可以合作打赢赤壁之战。等到孙、刘反目，东西开战，连手抗曹的形势被破坏，而曹丕称帝后，更力图以军事统一全国，此时若吴、蜀依然相敌对，难保不被曹魏各别击破。

好在诸葛亮与陆逊头脑清楚，坚持联合抗魏大战略。再加上邓芝这样优秀的外交官，看他能不卑不亢地，在孙权面前说出"各为其主，难免一战"，却又措辞典雅，完全不带烟火气，令人佩服。

【原典再现】

　　汉复遣邓芝聘于吴，吴主谓之曰："若天下太平，二主分治，不亦乐乎？"芝对曰："夫天无二日，土无二王。如并①魏之后，大王未深识天命，君各茂其德，臣各尽其忠，将提枹鼓②，则战争方始耳。"权大笑曰："君之诚款乃当尔邪！"

——《资治通鉴·魏纪二》

①并：同"并"。
②枹：音"福"。枹鼓：战鼓。

99．马谡：助诸葛亮七擒七纵孟获

诸葛亮始终坚持执行他在"隆中对"提出的联孙抗曹（联吴制魏）大战略，这个战略因关羽的骄矜大意与刘备的小不忍，而乱了大谋。猇亭之战惨败，蜀汉失去了荆州，事实上严重影响"三足"的均衡，诸葛亮想出来的弥补方法，是采取主动攻势，对曹魏西边的关中施压。这样一方面维持鼎足的局面（迫使曹魏分兵防守西面），一方面增加东吴"联蜀"政策的红利，维持吴蜀紧密联盟。

采取主动攻势就要北伐，但在北伐之前，诸葛亮必须确保蜀汉的南方无忧。为此，他亲自领军南征叛变的雍闿、孟获、朱褒等。

大军出发，参军马谡送行，出成都十里。诸葛亮说："多年来，我们一同拟订策略，今天可有好建议提出来吗？"

马谡说："南中（今云南省）仗恃着路途遥远，山川险阻。今天将他们击败，明天又反了。你正准备北伐，与强敌周旋，蛮族一旦得到情报，得知京师（成都）空虚，就会加速叛变。如果将他们全部屠杀，欲求杜绝后患，既失仁道，又不可能短时间完全消灭。用兵之道即：攻心为上，攻城次之，建议你让蛮族心服。"

诸葛亮听信了马谡的建议。大军一路连胜，击斩雍闿、高定（二人为叛变官员）。可是对于孟获，诸葛亮下令"一定要生擒"。不久果然生擒，孟获不服，说："之前不明虚实，不小心战败。"诸葛

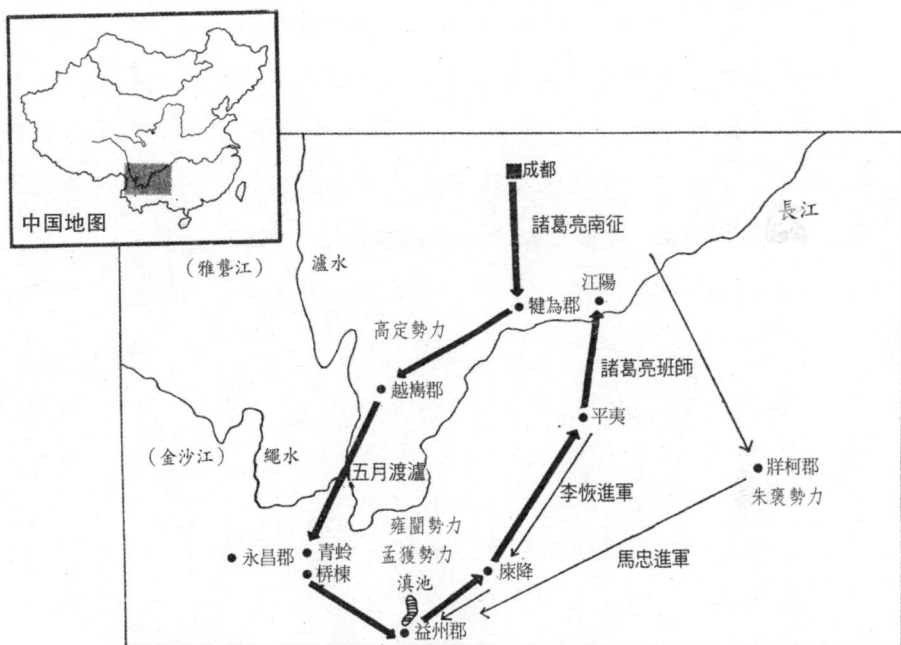

诸葛亮南征（七擒七纵孟获）

亮笑着释放了孟获，要他卷土重来。结果演出"七擒七纵"，最后一次，诸葛亮又要释放他，孟获这回不走了，说："阁下有天威，南人（南中蛮族）从此不再叛变了。"

诸葛亮任命蛮族酋长担任郡县首长，有才干的、有影响力的都任命为官员——诸葛亮有生之年，蛮族再没有叛变过。

你没读到的三国

马谡显然不只是诸葛亮的普通"爱将"，事实上是一位高级参谋，而且确实有谋。可是后来"孔明挥泪斩马谡"，却是因为马谡贻误军机——总司令部高级参谋居然必须领兵出战，显示蜀汉缺乏战将，也就是所谓"蜀中无大将，廖化做先锋"的窘况。

设想，汉高祖刘邦手下，没有韩信，必须派张良出马，能赢得了项羽吗？

【原典再现】

亮曰："虽共谋之历年，今可更惠良规。"谡曰："南中恃其险远，不服久矣；虽今日破之，明日复反耳。今公方倾国北伐以事强贼，彼知官势内虚，其叛亦速。若殄①尽遗类以除后患，既非仁者之情，且又不可仓促也。夫用兵之道，攻心为上，攻城为下，心战为上，兵战为下，愿公服其心而已。"

——《资治通鉴·魏纪二》

---

① 殄：音"忝"，尽、绝。

100．张昭：孙权称帝，这是一场"君臣秀"

三国鼎立就在吴蜀联合制魏之下，维持稳定——所谓稳定，是三国疆域的稳定，事实上战争不断，但互有胜负，没有大战役、大变化。

如此久战却三方皆无功的情况下，魏文帝曹丕去世，儿子曹叡继位（魏明帝）。三年后，吴王孙权终于正式登极称帝，史称吴大帝。

孙权朝会群臣，推崇已经过世的周瑜。老臣张昭举起笏板，正打算歌颂功德，还没开口，孙权先发言："当初如果听张先生的话，我早成了乞丐，今天还在（看曹操脸色）要饭！"

当初孙策将基业交给孙权，嘱咐"军事问周瑜，政事问张昭"。当曹操大军南下时，周瑜主战，张昭主张奉迎曹操。

孙权的发言，正是针对这件事。张昭闻言大为羞愧，伏在地上，汗流浃背。回去立刻上表辞职，孙权改命他为辅吴将军，朝会时位置仅次于三公，并封他为娄侯，采邑一万户。

这，其实是一场君臣秀。

孙权当吴王跟当吴大帝，实质没有两样，可是吴王是"诸侯"，皇帝则是"主尊"。怎样才能让群臣感觉个中不同呢？于是辈分、地位都最高的张昭，配合演出了这么一幕。经此一来，群臣就知道"礼仪"改变了，以后都要向张昭"看齐"。

群臣乖了，可是张昭习惯未改。每次朝见，仍然言辞严厉，意形于色，甚至跟孙权吵嘴，干脆称病不上朝。

孙权派使者去张昭家里，宣他进宫，张昭推说："年纪大了，又有病在身。"就是不出门。孙权也火了，派工匠将张昭家的大门用砖头封起来。张昭也发牛脾气，命家人在门内也用砖头封住大门。

最后是孙权放下身段，亲自去张宅"拜见"，张昭这下又惶恐了，到门前跪迎皇帝，然后一同进宫。

君臣坐定之后，张昭说："从前，太后（孙权之母）和桓王（孙策）并没有把老臣托付给陛下，而是把陛下托付给老臣……"孙权连连道歉。

孙权受封为吴王，东吴才开始设置丞相。当时群臣都看好张昭，可是孙权却说："现在国事繁剧，教他老人家做丞相，不是礼遇他，反而是劳累他了。"后来首任丞相孙邵去世，群臣又拥张昭为丞相，孙权这次干脆明讲："此公脾气太大，所言不从，一定会生出岔子来，反而对他不好。"孙权之前以"兄弟会"模式领导东吴，称帝之后，技巧的避免了"兄弟逾越"的情况发生。

【原典再现】

绥远将军张昭举笏欲褒赞功德，未及言，吴主曰："如张公之计，今已乞食矣。"

昭大惭，伏地流汗……昭坐定，仰曰："昔太后、桓王不以老臣属[1]陛下，而以陛下属下老臣……"吴主辞谢焉。

——《资治通鉴·魏纪三》

[1] 属：读音"主"，托付。

后记

历史走到这里，史书定义的"三国时代"才正式开始，因为从此才有三个皇帝同时存在。可是，"人才辈出的三国时代"却在此时结束，张昭的演出正是最佳见证：英雄碰到皇帝，若不是低头当奴才，就是被杀头。

再次引述赵翼所言："人才莫盛于三国，亦为三国之主，各能用人，故得众力相扶，以成鼎足之势。"

赵翼所称"三国之主"，指的是曹操、刘备、孙权，而曹操、刘备至此都已去世，此后的孙权因年事日高而愈形昏庸。

之后的三国，多的是昏君、暴君（如刘禅、孙皓），多的是权臣（如诸葛恪、司马师），大权在握而能忠心耿耿的只有一位诸葛亮，所以被杜甫誉为"万古云霄一羽毛"。其次，能称得上是英雄人物的，以作者的眼光，只有两个半：邓艾与姜维各是一个，诸葛诞只能算半个。

本书若要包括这两个半英雄人物，得再叙述很长一段历史，是以虽有遗珠，乃能无憾。

作者识

（全文完）